Frau Hennig

40 skurrile Geschichten

Georg Gehlhoff

Frau Hennig
40 skurrile Geschichten

BoD – Books on Demand 2015

Der Titelsatz für diese Publikation ist in der Deutschen
Nationalbibliographie (http:/dnb.ddb.de) verzeichnet.

Georg Gehlhoff:
Frau Hennig.
40 skurrile Geschichten.
Herstellung und Verlag:
BoD – Books on Demand, Norderstedt
Satz + Umschlaggestaltung: Jan-Gunnar Franke
unter Nutzung der Abbildung: *Essschale*
(Yup'ik, Alaska 1883. Foto: Dietrich Graf.
© Ethnologisches Museum, Staatliche Museen
zu Berlin)
Das Zitat auf S. 5 stammt aus:
Rainer Malkowski: *Die Herkunft der Uhr*
(© Carl Hanser Verlag München 2004).
© Georg Gehlhoff. Alle Rechte vorbehalten.
Erstauflage 2015
ISBN 978-3-734737435

Fluß in der Sonne

Glitzernd kommt der Fluß
aus der Kurve,
blinkt schon
vorbei
und wirft mit einem einzigen
lässigen Ruck
hunderte von Spiegeln
aufs Ufer.
Sekunden-
scherben.

Rainer Malkowski

für Diana, Eyna e Antonio

Ich danke dem ZK (Zuppi und Katharina),
Daniela, Christian, Gunnar und dem
Morgenstern – Antiquariat und Café
in Berlin-Steglitz

Einzelne von mir vorgelesene Geschichten können
Sie auf *www.vimeo.com/georggehlhoff* anhören und
ansehen.

An der Jones Beach

Von der 65. Straße East bis zur Jones Beach auf Long Island war es mit dem Auto eine Dreiviertelstunde. An den Sommerwochenenden fuhren Jonathan und seine Eltern an den Strand. Wenn sie das Auto auf dem Parkplatz abgestellt hatten, liefen sie die Jones Beach in östlicher Richtung entlang.

Einmal grub Jonathan ein Loch in den Sand, bis ein Polizist die Mutter fragte, „Do you want your son to be electrocuted?". Unter der Sandoberfläche befänden sich Starkstromkabel. Elizabeth wurde bleich und schickte ihren Sohn zum Wasser, während sie das Loch zuschüttete. Richard, ihr Mann, las den Bericht über das Samstagsspiel der New York Mets zuende. Der zehnjährige Jonathan beobachtete die Wellen.

Später wurde er Mathematiklehrer an der Wantagh High School, die nicht weit entfernt von der Jones Beach lag. Mit der Klasse diskutierte er Brüche. Er zog einen Apfel hervor und schnitt ihn in zehn Stücke. Anschaulichkeit und empirische Beweise waren für ihn sehr wichtig. Ein Schüler namens Mathew fragte, ob man die Ozeane der Welt auch in kleine Wassertropfen teilen könne, und wie viele Tropfen das dann seien. „That's a good question", murmelte Jonathan. Mathew freute sich, den Lehrer in Verlegenheit gebracht zu haben.

An einem bewölkten Frühlingssonntag fuhr Jonathan zur Jones Beach, setzte sich an den Strand, entnahm seinem Rucksack ein leeres Marmeladenglas, holte eine Pipette aus einem Etui, füllte sie mit Meereswasser und zählte die Tropfen, die in das Marmeladenglas fielen. Bei der Zahl 2119 verzählte er sich. Er goss das halbvolle Glas wieder ins Meer, trocknete es mit einem Küchentuch und begann von vorne. Als das Marmeladenglas voll war, schraubte er es zu und beschriftete es. Das dritte Glas schlug ihm seine schwanzwedelnde Hündin Jenny aus der Hand. Es wurde langsam spät, er musste nach Hause fahren.

Die ganze Woche dachte er ans Meer. In seinen Bücherregalen schaffte er Platz für Marmeladengläser. Er bat seine Mutter und seine Nachbarn, ihm welche zu geben. Als er Mathew auf dem Pausenhof traf, fragte er ihn, ob er bei der Beantwortung seiner Frage mitwirken wolle. Der Schüler konnte sich nicht erinnern, dem Lehrer eine Frage gestellt zu haben. Mathew log vorsichtshalber, am kommenden Wochenende führe er zu seinen Großeltern nach Boston.

Am Samstagmorgen wachte Jonathan mit einem Gefühl der Vorfreude auf. Draußen regnete es. In seinem Rucksack verstaute er 10 Marmeladengläser, zwei Sandwiches und vier Äpfel. Er nahm einen Regenschirm mit. Jenny wollte nicht nach draußen. Jonathan zog sie an der Leine bis zum Auto. Der Parkplatz an der Jones Beach war leer. Es regnete noch immer. Jonathan hatte ein gelbes Regencape übergezogen. Für Jenny, die im Auto sitzen blieb, ließ Jonathan das Fenster einen Spalt offen. Als er sich vom Auto entfernte, war der Hund bereits eingeschlafen.

Jonathan gefiel es, alleine am Strand zu sein. Die feuchte Luft in seinen Lungen tat ihm gut. Er klemmte den Schirm unter die Achselhöhle, während er mit der einen Hand die Pipette drückte und mit der anderen das Marmeladenglas hielt. Der Seitenwind wehte jede Menge Regentropfen ins Glas und verfälschte das Messergebnis. Er kehrte zum Auto zurück. Jenny schlief noch immer. Jonathan aß die Sandwichbrote und die Äpfel. Auch am nächsten Tag regnete es.

Am Dienstag traf er Mathew vor dessen Klassenzimmer. Er fragte ihn, ob er in Boston ein schönes Wochenende verbracht habe. Der Schüler schaute ihn verwundert an. Er fahre doch dieses Wochenende nach Boston. Das sei aber sehr aufmerksam von ihm, seine Großeltern gleich zwei Mal hintereinander zu besuchen, entgegnete der Lehrer. Er bedaure aber, dass Mathew ihn nicht zur Jones Beach begleiten könne. Am vergangenen Samstag habe er, Jonathan, sich dort sehr wohl gefühlt. Mathew dachte an den vielen Regen des letzten Wochenendes, und dass der Alte nicht ganz dicht sei.

Auch ohne Mathews Hilfe hätte Jonathan die beiden Tage bei dem schönen Wetter zählend an der Jones Beach verbringen können, wenn er nicht ein Treffen ehemaliger Klassenkameraden in Manhattan gehabt hätte. In dem Lokal zwischen Lexington und Park Avenue unterhielt er sich den ganzen Abend mit einer Schulkameradin. Dorothy hatte noch immer schöne Augen und glänzend braune Haare. Beim gemeinsamen Frühstück empfand er eine lange nicht wahrgenommene Ruhe. Dorothy wunderte sich über die mit Wasser gefüllten Marmeladengläser im Regal. Er lachte. Sie lachte mit.

***

Der vergessliche Mann

„Albrecht, ich bin deine Frau", schreit die mir unbekannte Person, die seit einer Viertelstunde den Wohnungsschlüssel im Schlüsselloch dreht und gegen die Tür hämmert. Ich bin ein kräftiger Mann und drücke von der anderen Seite. Ich müsste die Polizei rufen, um diese dreiste Einbrecherin verhaften zu lassen. Woher weiß sie meinen Namen? Wie kommt sie dazu, mich zu duzen? Woher hat sie meinen Wohnungsschlüssel?

Irgendjemand ruft tatsächlich die Polizei. Vermutlich die Nachbarin, die ich nicht leiden kann. Anstatt jedoch den Eindringling mitzunehmen aufs Revier, fordern die beiden Beamten mich auf, diese Person in meine Wohnung zu lassen. Es stehe zweifelsfrei fest, sie ist meine Frau. Ich habe dieses Frauenzimmer noch nie gesehen. Wie will sie meine Frau sein? Ich war noch nie verheiratet. Ich erkläre den Beamten, hier muss ein Irrtum vorliegen. „Sie werden sich schon wieder vertragen", meint der jüngere der beiden. Die Polizisten gehen.

Die Frau verzieht sich mit ihren Einkäufen in die Küche. Sie spielt die Beleidigte. Dabei hätte ich allen Grund, beleidigt zu sein und sie rauszuschmeißen. Als sie die Einkäufe in meinem Kühlschrank verstaut hat, scheint sie sich etwas beruhigt zu haben. Mit einer „Er kann nichts dafür, dass er verrückt geworden ist" - Stimme ruft sie mir zu, ob ich zum Abendessen eine Suppe will. Ich antworte ihr nicht. Ich traue ihr nicht. Aber an wen kann ich mich wenden? Die Polizei steht auf ihrer Seite.

Ich habe keine Freunde und lebe seit langer Zeit allein in dieser Wohnung.

Ich verdrücke mich vorsichtshalber ins Arbeitszimmer und schließe die Tür ab. In der Küche klackt das Gemüsemesser. Nach einer Weile höre ich Stimmen: Sie hat drüben im Wohnzimmer den Fernseher eingeschaltet. Ich schaue auch gerne Fernsehen. Sie will mich mürbe machen.

Ich höre ihre Schritte. Sie klopft an die Tür, ob wir nicht Frieden schließen wollen. Ich antworte ihr nicht. „Du bist ein Dickkopf", ruft sie. „Sag doch etwas. Du machst mir Angst." Raffiniert, dieses Weibsstück. Wer macht hier wem Angst? „Ich habe Möhrensuppe gekocht. Sie ist noch warm."

Woher weiß sie, dass ich gerne Möhrensuppe esse? Ich habe tatsächlich Hunger. Wenn die Suppe aber vergiftet ist? Ich habe Hunger und schließe die Tür auf. Sie sitzt vermutlich wieder vor dem Fernseher. Ich gehe in die Küche. Die Suppe riecht gut. Ich trage den Topf in mein Zimmer und stelle ihn auf den Schreibtisch. Die Suppe schmeckt auch gut. Sie hat sogar ein bisschen Ingwer hineingerieben. Und wenn das nur ein Trick ist, um den Arsengeschmack oder eines sonstigen Giftes zu überdecken? Wenigstens sterbe ich mit vollem Magen.

Ich fülle den letzten Löffel Suppe in ein Marmeladenglas, das ich beschrifte und im Aktenschrank verstecke. Falls ich versterbe, kann die Polizei ihr den Mord wenigstens nachweisen. Ich wasche den Topf in der Küche ab und kehre in mein Zimmer zurück. Ich könnte ein Buch lesen, aber heute Abend läuft auf Arte ein Truffaut-Film, den ich noch nicht gesehen habe und ungern verpassen möchte.

Die unbekannte Frau schaut sich den Truffaut-Film bereits an. Ich setze mich zu ihr.
„Hat dir die Suppe geschmeckt?"
„Sie war bestimmt vergiftet."
„Du hast heute einen sonderbaren Humor."
„Wenn es Ihnen nichts ausmacht, würde ich mir gerne den Film anschauen."

Ich bin immer der Meinung gewesen, Truffaut sei wie Hitchcock oder Wilder: Sie hätten alle Drei nur gute Filme gemacht. Aber vielleicht habe ich mich wegen dieser Person neben mir nicht richtig auf den Film einlassen können. Sollte er demnächst noch mal gezeigt werden, schaue ich ihn mir in besserer Gesellschaft an. Auch ein guter Bordeaux ist ungenießbar, wenn er nicht die richtige Temperatur besitzt. Wenn diese Frau tatsächlich meine Frau wäre, würde sie zu einem solchen Vergleich sagen: „Was für ein ekelhafter Chauvi-Spruch." Wahrscheinlich hätte sie Recht und würde antworten, Eier und Rotwein passen auch nicht zusammen. Während ich an diesen imaginären Schlagabtausch denke, muss ich lachen. Die Frau neben mir schaut mich liebevoll an, als ob ich anfinge, wieder ein Mensch zu werden.

Da wir es vermutlich noch ein paar Stunden miteinander werden aushalten müssen, frage ich sie nach ihrem Namen.

„Ich heiße Katharina Baldung. Und du?"

„Albrecht Baldung."

„Was für ein Zufall, wir haben den gleichen Familiennamen."

Sie lächelt bei dieser Feststellung. Sie sieht überhaupt hübsch aus. Als ich zurücklächle, zwinkert sie mit den Augen. Ich werde rot, weil ich sie gern küssen würde. Trotzdem warte ich noch, bis ich ihr das Du anbiete.

Ich finde, sie hat das geschickt angestellt, sich als meine Frau auszugeben, um sich Zugang zur Wohnung zu verschaffen. Ich bin zum Glück nicht nachtragend. Ich flüstere ihr ins Ohr, „Katharina, ich würde dir gerne…"

***

Keine Ahnung

Nach Keine Ahnung fliegt nur eine Propellermaschine. Die Landebahn ist eine holprige Wiese. Wenn man Pech hat, bewirft John, der sich für den König von Keine Ahnung hält, die Maschine mit Kokosnüssen. Das Flugzeug ist für ihn ein gefährlicher Drache, den er besiegen muss. John stammt aus Dublin. Wenn man ihm zuruft, man habe eine kühle Flasche Ale mitgebracht, klettert er die Palme herunter und empfängt den Besucher mit einem kräftigen Händedruck.

Die wenigen Menschen auf der Insel sind sehr freundlich. Sie liegen den ganzen Tag am Palmenstrand und trinken Kokosmilch. Die dicke Maria fächelt sich in ihrem Strandkiosk frische Luft zu. In der Morgenkühle sammelt sie unter den Palmen Kokosnüsse, die sie für je drei Dollar verkauft. Maria und John hatten 10 Kinder. Wenn man John fragt, wo ihre Kinder geblieben sind, antwortet er, der Drache fraß sie. Wenn man Maria fragt, wo ihre Kinder geblieben sind, antwortet sie, keine Ahnung.

Anthony ist der einzige Fischer auf Keine Ahnung. Er liest den ganzen Tag in seiner Hängematte Kriminalromane von Agatha Christie. *Mord im Orientexpress* ist sein Lieblingsbuch. Fragt man ihn, wo sein Boot liegt, antwortet er, keine Ahnung.

George ist furchtbar klug und weiß alles. Wenn er jemand unter den Palmen liegen sieht, hält er lange Vorträge, wie die Welt sein könnte. Fragt man ihn, auf welcher Insel er wohnt, antwortet er, keine Ahnung.

Die Vergesslichkeit auf Keine Ahnung erfasst auch die Besucher, die mit der Propellermaschine kommen. Sie kaufen jeden Tag Kokosnüsse bei Maria. Wenn sie kein Geld mehr haben, schreibt Maria an. Sie hören Georges Vorträge und leihen sich von Anthony Krimis aus. Fragt man die Touristen, ob sie hier bleiben möchten, antworten sie, keine Ahnung.

Die Vergesslichkeit auf Keine Ahnung ist groß. Selbst der Pilot vergisst, zurückzufliegen. Erst wenn der verrückte John das Cockpitfenster einwirft, fällt es ihm wieder ein. Im Morgengrauen sammelt Maria ihre Kokosnüsse.

***

Das Manuskript

Als Manuel Schorzbein das getippte Romanmanuskript, das sich in der Aktentasche mit dem kaputten Verschluss befand, gerade zu einem der bedeutenden Verleger des Landes brachte, rempelte ihn in der Menge ein Mann mit einem Regenmantel über dem Arm an. Ohne eine Miene zu verziehen, ging der Mann weiter, und Herr Schorzbein dachte, was für ein unhöflicher Mensch, aber er wollte sich seine gute Stimmung nicht verderben lassen. Als er auf die Uhr schaute, stellte er fest, dass er spät dran war. Erst als er vor dem Verlagshaus stand, bemerkte er den unersetzlichen Verlust. Er begab sich in eine Telefonzelle und täuschte dem Verleger eine schwere Erkältung vor. Dieser reagierte verärgert: „Wenn Sie denken, Sie können weiterhin auf mein Wohlwollen rechnen, haben Sie sich geschnitten." Herr Schorzbein war tief betrübt. Er hatte jahrelang an diesem Roman gearbeitet und ihn seiner Frau gewidmet, die im vergangenen Jahr gestorben war.

Sollte er bei der Polizei Anzeige erstatten? Die Polizei in diesem Land war bekannt für ihre schlampige Arbeit. Er hatte den Roman auf einer Schreibmaschine getippt und alle Rohfassungen und Notizen vernichtet, weil das Werk in der einmal erreichten Form perfekt gewesen war. Er verglich es mit einem Gemälde, bei dem die Vorzeichnungen schließlich auch unter den Ölfarben verschwanden. Er hatte keinen Beweis, den Roman je geschrieben zu haben. Der einzige Mensch, der über dieses Projekt Bescheid wusste, war seine Frau gewesen.

Er ging zurück zu jener Stelle, wo ihm der Mann begegnet war. Er wartete und wartete. Nichts geschah. Obwohl er all seine Zeit mit der Suche nach dem Manuskript verbringen wollte, brauchte er eine Tätigkeit, die ihm das Überleben sicherte. Er hatte Glück und fand eine Stelle als Kellner in unmittelbarer Nähe der Straße, wo ihm der Inhalt seiner Ledertasche entwendet worden war.

Er sah täglich Hunderte von Menschen an sich vorbeigehen. Es machte ihm Spaß, sie zu beobachten, sich kleine Geschichten über sie auszudenken, sich vorzustellen, wie sie in jüngeren Jahren ausgesehen hatten, und ob sie in späteren Jahren vielleicht einen krummen Rücken oder einen dicken Bauch haben würden. Nebenbei schrieb er eine Erzählung und gewann wieder Freude am Leben. Zwar hatte er sich vorgenommen, den Dieb auf jeden Fall ausfindig zu machen, aber es war wohl doch nicht weit her mit seinen detektivischen Fähigkeiten.

Direkt auf der anderen Straßenseite des Restaurants, in dem er arbeitete, befand sich eine Buchhandlung. Herr Schorzbein stand vor dem Schaufenster, wenn er eine Pause hatte, und eines Tages kaufte er ein Buch, das ihn besonders interessierte. Die Verkäuferin fragte ihn, ob er es als Geschenk eingepackt haben wolle, was er verneinte. Die Frau war etwa 40 Jahre alt und trug ein geblümtes Sommerkleid. Sie lächelte Herrn Schorzbein an und wünschte ihm einen guten Tag.

Danach kam er regelmäßig in die Buchhandlung, schaute sich nach Neuerscheinungen um, las ein paar Seiten in einem ausgelegten Roman. Die Buchhändlerin, die Rosemarie Schmackler hieß, und Herr Schorzbein tauschten sich über gemeinsame Lektüren aus. Gelegentlich kam Frau Schmackler in das Restaurant, wo er arbeitete, um mit ihrem Chef, dem Besitzer der Buchhandlung, der ein dicker, kurzatmiger Herr war, über geschäftliche Angelegenheiten zu sprechen. Herr Schorzbein bediente sie beide mit freundlicher Miene.

An einem verregneten Montagvormittag kam Herr Schorzbein auf dem Weg zu seiner Arbeit an der Buchhandlung vorbei, als er seinen eigenen Roman, den er trotz seiner verbesserten Lebensumstände immer noch schmerzlich vermisste, unter einem fremden Namen im Schaufenster sah. Der Verleger war derselbe, mit dem er an dem fraglichen Morgen eine Verabredung gehabt hatte. Er betrat die Buchhandlung und kaufte das Buch eines gewissen Friedrich Winkler. Herr Schorzbein hatte sich nicht getäuscht: Es war sein Roman. Das Foto auf dem Klappentext zeigte den Mann mit dem Regenmantel über dem Arm. Herr Schorzbein war betrübt und überlegte, ob er Frau Schmackler in die Geschichte einweihen sollte. Sie würde ihm möglicherweise nicht glauben. Im Restaurant verrichtete er seine Arbeit und hoffte, auf andere Gedanken zu kommen, wenn er so tat, als sei nichts geschehen. Als seine Schicht beendet war, besuchte er seine Frau auf dem Friedhof.

Am darauffolgenden Tag hatte er frei und suchte eine Kanzlei in der Innenstadt auf. Der Rechtsanwalt machte ihm wenig Hoffnungen. Wie er beweisen wolle, dass er der Autor des Buches sei? Dennoch verklagte Herr Schorzbein Herrn Winkler. Er wollte ihn wenigstens von Angesicht zu Angesicht sehen. Beim Prozess, den Herr Schorzbein verlor, ließ sich der falsche Schriftsteller jedoch durch einen Anwalt vertreten. Um Berufung einzulegen, fehlte Herrn Schorzbein das Geld.

Er arbeitete weiter in dem Restaurant. Frau Schmackler hatte von dem Prozess erfahren und ermunterte ihn, einen zweiten Roman zu schreiben. Er kaufte sich einen Computer. Frau Schmackler verschwand eines Tages. Seine Nachforschungen nach ihrem neuen Aufenthaltsort blieben ergebnislos.

Zwei Jahren später hatte er das Manuskript fertig. Als er die letzte Seite ausgedruckt hatte, ging die Festplatte kaputt. „Das ist nicht schlimm," dachte er gutgelaunt, „ich habe meine Kopie, die ich dem Verleger bringe." Er steckte das Manuskript in die Aktentasche mit dem kaputten Verschluss und machte sich auf den Weg.

***

Aufs offene Meer

Lange habe ich mich nicht aufs offene Meer hinausgetraut und bin wie die alten Griechen nur die Küste entlanggesegelt. Ich kannte die Berge, an denen ich vorbeikam, und ich kannte die Häfen, in denen ich abends vor Anker ging. Andere Schiffer erzählten mir schaurige Geschichten vom offenen Meer, von den Ungeheuern, die dort lauerten. Und ich glaubte ihnen.

Eines Tages fuhr ich zu einer Insel. Ich begegnete dort zwei weisen Frauen, die mich in eine Badewanne steckten und mir den Rücken schrubbten. Danach fühlte ich mich wie neugeboren. Die eine Frau war eine Mönchin und die andere eine Hexe. Die Mönchin redete viel, und ich hörte ihr zu. Die Hexe, die wunderschön war, nahm mich in die Arme und tröstete mich. Auf der Insel gab es viele prächtige Früchte. Ich kletterte auf die Bäume, und wir aßen uns satt. Ich hatte die Häfen und die immer gleichen Berge hinter mir gelassen. Doch in meinem Inneren fühlte ich eine starke Unruhe. Ich lief von einem Ende der Insel zum anderen, kletterte auf die Bäume, schwamm weit hinaus ins Meer. Ich fragte die Mönchin und die Hexe, was ich tun könne. Schließlich überlegte ich, ob ich nicht zu dem Hafen und den Bergen zurückkehren sollte.

Doch ich wage, was ich noch nie gewagt habe: Ich segele hinaus aufs offene Meer. Die Wellen schlagen an die Schiffswand, die Gischt spritzt mir ins Gesicht.

***

Der Bäckergeselle

Die Mutter weckte Reinhold um drei. Unter der Dusche wurde er wach. In der kühlen Frühlingsnacht radelte der 18jährige zur Bäckerei.

Nach getaner Arbeit schloss Meister Eberhard den Bäckerladen auf. Die ersten Käufer kamen herein. Der Meister grinste den Burschen an, stieg die Treppe hinauf und schickte seine Frau Sybille herunter.

Sybille war Mitte 30. Sie würdigte den schüchternen Jüngling kaum eines Blickes. Gegen eins kam der Meister. Reinhold nahm das Rad und fuhr nach Hause.

Am Morgen darauf roch der Meister nach Alkohol. Der Geselle hatte Angst, er schlüge ihn wieder. Reinholds Hände zitterten, als er die Brötchen formte. Eberhard öffnete den Laden und ging nach oben. Bei einem Stammkunden fielen dem Gesellen drei Brötchen zu Boden. Sybille berührte seinen Arm: „Ich mach das schon." Er setzte sich in den hinteren Raum zu den Mehlsäcken. Sybille kam zu ihm hin: „Ich schaff das nicht allein." Er nickte.

Reinhold musste länger bleiben, denn der Meister schlief seinen Rausch aus und kam nicht herunter. Der Tag schien unendlich lang. Schließlich schloss Sybille die Ladentür ab. Sie machten sauber. Reinhold wollte gehen. Sybille nahm ihre Schürze ab und zog langsam ihren Pullover hoch, bis er ihre weißen wunderschönen Brüste sehen konnte. Sie legte seine zitternde Hand auf ihren warmen Busen. Sie liebten sich auf den Mehlsäcken.

Kurz nach drei kam der Meister die Treppe herunter. Er hatte lange geschlafen. Sybille war erst am späten Abend in die Wohnung gekommen. Ein Mehlsack sei geplatzt. Eine Unachtsamkeit des Gesellen. Sie hätten das Mehl umfüllen müssen. Eberhard hatte keinen Argwohn geschöpft und war auch jetzt guter Laune. Außer in den frühen Morgenstunden bewegte er sich kaum. Sybille lag ihm in den Ohren, er sei hässlich geworden. Er machte ein Fenster auf, spürte die Morgenluft, hörte das Quietschen von Reinholds klapprigem Rad und ließ den Gesellen herein. „Hast dich wohl rumgetrieben", sagte der Meister zu dem Unausgeschlafenen. Der junge Mann errötete. Eberhard klopfte ihm lachend auf die Schulter: „In deinem Alter habe ich das genauso gemacht." Reinhold wunderte sich, dass der Meister die Hörner nicht spürte und auch nicht nach dem geplatzten Mehlsack fragte. Nach dem Backen öffnete der Meister den Laden auf und stieg hinauf. Sybille grüßte Reinhold nur knapp. Dieser konnte seine Aufregung kaum bezähmen. Er sehnte sich nach Sybilles weichem, heißen Körper und fürchtete, der Meister werde hinter ihr Spiel kommen. Das steigerte seine Erregung noch. Er stellte sich vor, wie sie einen grünen Abhang hinabrollten und dabei kicherten. Sybille war mit den Kunden beschäftigt. Konnte sie ihm nicht ein winziges Zeichen geben?

Um eins kam der Meister herunter und schickte Reinhold nach Hause. Der Geselle suchte den Blickkontakt mit Sybille. Sie schaute ihn an, als sei er nur ein dummer Junge. Bitter enttäuscht trat er in die Pedale. Ihre Kälte empfand er als Zurückweisung.

Am nächsten Morgen wollte Reinhold nicht aufstehen und kam eine Viertelstunde zu spät. Reinhold hatte keine Kraft, Brötchen zu formen. Der Meister schubste ihn freundlich an. Als die Brote aus dem Ofen waren, sagte Eberhard: „Du darfst die Arbeit nicht vernachlässigen, auch wenn die Frauen dir den Kopf verdrehen." Reinhold nickte leicht. In den Augen des Meisters las er eine väterliche Zuneigung.

Eberhard schloss den Laden auf und ging nach oben. Sybille kam herunter. Sie schaute Reinhold gleichgültig an.

Ein paar Wochen später fand Reinhold eine Freundin. Sie liebten sich jeden Tag. Er dachte nicht mehr an Sybille. Acht Monate später gebar die Bäckersfrau ein Kind. Eberhard war ein stolzer Vater. Reinhold wohnte noch lange bei seiner Mutter.

***

Die Tür

Rudolf Eckstein stand frischgeduscht vor dem Badezimmerspiegel, als er ein Klopfen an der Haustür hörte. Er zog sich einen Bademantel an und ging nach unten. An der Haustür war niemand, doch sein Kopf, seine Brust, sein Bauch, seine Beine, seine Füße fühlten sich plötzlich hölzern an; sein Körper verflachte sich, wurde breiter, bildete eine senkrechte Fläche. Seine Lippen klebten fest, seine Zunge war schwer. Ecksteins Bauchnabel verwandelte sich in ein Schlüsselloch, der Penis rutschte nach oben und wurde zum Klopfer. Eckstein juckte es an der Schulter. Er hätte sich gerne gekratzt, doch er konnte seine Hand nicht mehr bewegen. Selbst seine Pupillen hatten die weiße Farbe der Haustür angenommen.

Eckstein wusste nicht, wie ihm geschah. Glücklicherweise sah er seine Frau vor dem Haus parken. Sie würde ihn aus dieser Lage befreien. Helena nahm den Schlüssel aus ihrer Handtasche und steckte ihn in seinen Bauchnabel. Das kitzelte. Sie machte die Tür auf und ging hinein. Er hörte, wie sie im Haus seinen Namen rief. Dass er nicht da war, schien sie nicht zu beunruhigen. Sie ging nach oben, und Eckstein konnte das Einlaufen des Wassers in die Badewanne hören und dann Helenas krächzende Singstimme. Anschließend setzte sie sich ins Wohnzimmer und las wohl in einer ihrer Frauenzeitschriften. Eckstein rief die ganze Zeit nach ihr, aber Helena hörte ihn nicht.

Gabriel, sein verzogener Sohn stieg gerade von seinem Moped ab. Er hechtete gewohnheitsmäßig die Stufen zur Tür hoch und klopfte mit dem Metall gewordenen Geschlechtsteil seines Vaters gegen die Tür. Eckstein wollte ihn zurechtweisen, doch der Sohn schlug noch härter mit dem Klopfer, bis die Mutter ihm schließlich aufmachte.

„Ist Papa nicht da?" fragte Gabriel in hastigem Ton.

„Er ist sicherlich noch bei der Arbeit," erwiderte sie, „du weißt, er hat im Moment viel zu tun."

„Ist schon gut," sagte der Sohn, „ich dachte nur, er könnte mir für morgen Geld fürs Kino geben."

„Wenn du mir versprichst, um elf zu Hause zu sein, gebe ich dir das Geld."

„Super", freute sich Gabriel.

Wieso musste sein Sohn am Wochenende immer ins Kino gehen? Er wollte doch eh nur mit seinen Freundinnen, die er nicht mit nach Hause bringen durfte, in der letzten Reihe rumschmusen,. Und was war mit seinen Hausaufgaben? Es war ja nicht zu reden mit ihm; er konnte immer mit seiner nachsichtigen Mutter rechnen.

„Was gibt's denn zum Abendessen?" wollte Gabriel wissen, als er die Tür mit einem Tritt zuwarf.

„Überbackene Spätzle," erwiderte sie.

Das war Ecksteins Lieblingsgericht. Jetzt reichte es ihm. Er musste hier raus. Er zappelte wie wild. Die Tür sprang auf.

„Gabriel, du hast die Tür nicht richtig zugemacht," sagte die Mutter vorwurfsvoll.

„Ist ja gut," entgegnete der Sohn genervt, weil er immer alles falsch machte. Diesmal gab er der Tür einen energischeren Tritt. Und sie blieb zu.

Eckstein kamen die Tränen. Er schrie aus Leibeskräften. Niemand hörte ihn. Draußen wurde es dunkel, und da die Abende noch kalt waren, fror Eckstein. In der Nacht holte er sich einen Schnupfen. Nicht einmal niesen konnte er.

Drei Tage nach Ecksteins Verschwinden benachrichtigte Helena die Polizei. Ein Streifenwagen kam vorbei, und zwei Beamte stellten ihr und Gabriel Fragen zu der vermissten Person. Einen Monat später erschienen die Polizisten zum zweiten Mal. Man habe die Suche nach Rudolf Eckstein eingestellt. In der Stadt verschwänden jährlich Hunderte Menschen. Falls neue Hinweise auftauchten, werde man sie sofort benachrichtigen.

Helena fuhr jetzt jeden dritten Tag mit dem Auto ihres Mannes zu einem Friseursalon. Das war schon immer ihr Wunsch gewesen, aber Eckstein hatte nicht gewollt, dass sie so viel Geld ausgebe.

Jeden Abend stieg ein anderes Mädchen hinten von Gabriels Moped ab, oder er kam erst in den Morgenstunden und angetrunken nach Hause.

Sobald er dazu in der Lage wäre, würde Eckstein mit ihnen abrechnen.

Eines Abends klopfte ein Herr mit einer roten Rose in der Hand gegen die Tür. „Wie schön, dass du gekommen bist, Dieter," sagte Helena, als sie die klemmende Tür endlich aufbekommen hatte.

„Ich bin so froh," erwiderte er, „dass du mich nicht länger zurückweist." Er gab ihr einen Kuss auf die Wange, die sie ihm hinhielt. Dann nahm Helena Dieters Hand und führte ihn nach oben. Später konnte Eckstein das Kichern seiner Frau aus dem Esszimmer hören, und in der Nacht das vertraute Quietschen seines Ehebetts. Wenn er einen Streichholz gehabt hätte, hätte er sich in Brand gesetzt, um sich von diesen Qualen zu befreien.

Dieter kam jetzt regelmäßig und blieb oft mehrere Tage. Er hatte offenbar keine Arbeit. Nach einem halben Jahr trug er seine Möbel durch die Haustür herein. Zur Hochzeitsfeier wurde die Tür festlich geschmückt. Eckstein ertrug das Gelächter der Gäste nicht.

Dieter entpuppte sich als Spieler, und Rudolfs Vermögen schmolz dahin. Eckstein hörte, wie sie ihren neuen Mann als Nichtsnutz und Schmarotzer beschimpfte. Es geschah ihr recht. Dieter verdrückte sich nach Spanien. Helena und Gabriel mussten ausziehen. Das Haus stand zum Verkauf. Wir waren doch eine glückliche Familie, dachte Eckstein, während er auf die Spatzen blickte, die sich zu seinen Füßen um die letzten Brotkrumen stritten.

***

feelwell

Meinen ersten Rechner habe ich mit 14 von dem Geld gekauft, das ich beim Zeitungsaustragen verdiente. Bisher hatte ich so einen Kasten immer nur im Schaufenster bestaunt und brauchte Tage, bis ich seine Funktionsweise verstand. Welten eröffneten sich mir.

Ich wurde Programmierer bei einer großen Geschäftsbank; mehr reizte mich jedoch, in der Forschung zu computergestützter Gesundheit tätig zu sein. Die Branche expandierte enorm, und ich fand schnell einen Job in einem Uni-Klinikum. Im Jahre 2000 haben wir den ersten Kontrollchip in einen Menschen eingepflanzt. Es hieß, die Amerikaner seien uns zuvorgekommen, aber in Wahrheit haben wir vom Uni-Klinikum sie um zwei Monate geschlagen.

Etwa fünf Jahre später pflanzten wir einen Prototypen von *feelwell* bei einer Reihe von Patienten ein. Wir hatten uns ältere Probanden ausgesucht, die fettleibig waren, sich wenig bewegten, viel rauchten und tranken.

Unser Minicomputer passte sich den jeweiligen Körperwerten an und begann dann mit einem Aufbauprogramm. Durch eine Manipulation der Gehirnaktivität bekam der Patient Lust auf Nikotin-Kaugummis.

Im weiteren Teil des Programms regte der Computer die Beine zum Laufen an. Bei manchen Patienten startete der Impuls zu früh am Morgen, und sie rannten im Schlafanzug durch die Straßen. Ein Proband holte sich dabei eine Lungenentzündung.

Wir steigerten das Laufpensum mit der Zeit auf mehrere Kilometer am Tag. Gleichzeitig gab der Computer Appetitsignale für ein gesundes Essen. Zu unseren Sponsoren zählte ein Bio-Lebensmittelkonzern.

Wir erzielten hervorragende Ergebnisse. Ein besonders schwergewichtiger Proband fand dank seiner veränderten Figur eine Lebenspartnerin.

Kurz darauf gingen wir mit unserer Produktion in Serie. Nicht alle Menschen waren bereit, sich dem Programm freiwillig zu unterwerfen. Ab dem 1. Januar 2018 trat daher eine europaweite *feelwell*-Pflicht in Kraft.

In unserer Gesellschaft haben sich tiefgreifende Veränderungen vollzogen. Fitnesscenter finden sich an jeder Ecke. Vor kurzem hat ein einst weit verbreiteter Discounter seine letzte Filiale geschlossen. Die Menschen joggen zur Arbeit, kraxeln im Urlaub in den Alpen herum oder fahren mit dem Rad von Berlin bis Rom. Alkohol ist verpönt.

Ich bin einer der reichsten Männer Europas geworden und habe mir ein Luxusmodell unseres Computers einpflanzen lassen. Ich jogge täglich 15 Kilometer, ernähre mich mit vollbiologischer Kost und trinke bevorzugt Möhren- oder naturtrüben Apfelsaft. Zigaretten sind mir ein Gräuel.

An meinem 50. Geburtstag stießen wir in meinem Büro mit einem Glas alkoholfreiem Sekt an. Ich wollte anschließend nach Hause joggen, als mich auf der Straße ein angetrunkener Mann mit Bierbauch anhielt. Seine Alkoholfahne bereitete mir Übelkeit.

„Was ist mit Ihrem *feelwell* los?", herrschte ich ihn an.

„Zum Glück bin ich das blöde Ding losgeworden," entgegnete er fröhlich.

Ich fragte ihn nach seinem Namen. Er hieß Renz. Er tat mir leid. Ich fragte ihn, ob ich ihn nach Hause bringen solle. Er meinte, das sei nicht nötig, sein Auto stehe gleich um die Ecke. Ich fuhr ihn lieber.

In seiner mit Büchern, Schallplatten und alten Möbeln vollgestellten Wohnung roch es nach Schweinebraten. Ich machte das Fenster auf. Renz sagte, von dem Braten sei leider nichts übriggeblieben, aber er wolle in der Küche nachschauen, ob noch etwas anderes da sei. Ich setzte mich auf das weiche, aber gemütliche Sofa. Renz brachte ein Baguettebrot und ein Stück Roquefort. Ich zögerte wegen des hohen Fettgehalts, aber der Käsegeruch war verlockend, und ich hatte Hunger.

Ich fragte, ob er auch etwas zu trinken habe. Renz ging wieder in die Küche und kam mit einer offenen Flasche 1999er Brunello di Montalcino und zwei Gläsern zurück. Ich lehnte sein Angebot natürlich ab. Dann überlegte ich es mir anders. Ich weiß selbst nicht, was in mich gefahren war.

Ich hielt das Glas hoch. Der rubinrote Wein leuchtete sanft in den abendlichen Sonnenstrahlen, die durch das Fenster hereinfielen. Das Bouquet war überwältigend. Wir stießen auf unser Wohl an.

***

Die Wiesenforelle

Die Forelle schwamm zwischen den Grashalmen, als ein Braunbär in ihre Bahn stapfte. Dem Bär schwante leichte Beute, und er schwang seine Tatze. Die Forelle entglitt dem vom langen Winter Geschwächten. Eine Schlange schlängelte steifschuppig heran. Die Forelle traf ihr aufgesperrtes Maul mit der Schwanzflosse. Ein Mensch entdeckte die Wiesenforelle. Er packte sie mit beiden Händen und warf sie in den Bach.

***

Die Gräte

Ich schob eine Gabel mit Reiskörnern und einem größeren Stück Fisch in den Mund und schluckte alles fast ungekaut herunter. Ich spürte einen Stich in der Kehle. Eine Gräte steckte fest. Mein Kollege schaute besorgt.

Ich beschloss, zu einem Hausarzt zu gehen. Eine Praxis liegt in der Nähe meiner Wohnung. Ich gab meinem Kollegen die Hand und nahm die Straßenbahn.

Die Arzthelferin ließ mich auf einer Bank vor dem Behandlungszimmer Platz nehmen. Ich wartete. Ich versuchte, die Gräte durch Räuspern zu lockern. Der Arzt rief andere Patienten herein. Ich vernahm ihre Stimmen durch die Tür.

Ich legte mich schließlich auf eines dieser harten, schmucklosen Untersuchungsbetten und machte den Mund weit auf. Die Gräte schmerzte. Der Arzt nahm eine kleine Taschenlampe und manövrierte die Pinzette in meinen Hals. „Wissen Sie, meist essen die Leute heute Fischstäbchen," sagte er. Der Schmerz war unerträglich. Ich schrie. Der Arzt wich zurück. Ich beruhigte mich. Der Schmerz schien schon nachzulassen. Ich war erstaunt, als der Arzt die Pinzette verärgert auf die stumme Schwester warf.

Der Spezialist, zu dem er mich schickte, gab mir eine Betäubungsspritze und bohrte eine halbe Stunde in meinem Hals herum. Dieser schwoll weiter an.

Der Hausarzt, zu dem ich zurückkehrte, sagte, man müsse den Hals aufschneiden. Ich überlegte, wie ich das Geld für die Operation beschaffen könne. Mein

Hals wurde dicker und dicker. Ich rechnete und rechnete: Es reichte nicht.

Ich aß Haferbrei und klare Suppen. Mein Kollege brachte Blumen. Im Büro habe er eine Kollekte veranstaltet. Er überreichte mir knapp 100 Euro. Ich schwor mir, nie wieder Fisch zu essen. Der Arzt legte mir eine Magensonde. Das Geld, das ich für die Operation beiseitegelegt hatte, gab ich nun für die flüssige Nahrung aus.

Meine Stimme versagte. Ich schrieb einen Brief an den Bundespräsidenten. Der freundlichen Absage war eine Postkarte von Schloss Bellevue beigefügt, die ich auf den Nachttisch stellte.

Ich erhalte Arbeitslosengeld und einen Mietkostenzuschuss. Tagsüber lese ich ein bisschen und schaue aus dem Fenster. Freitags kommt eine Frau von der Kirchengemeinde. Wir schauen uns Tierfilme im Regionalfernsehen an. Heute läuft eine Dokumentation über ein Lausitzer Wolfsrudel.

***

Der Mund

Herr Herman zog seinen blauen Mantel an. Er hatte sich aus dem Wohnzimmer geschlichen. Mit dem Handrücken wischte er sich über den limonadenklebrigen Mund. In Gedanken bei der Formulierung einer Ausrede für sein frühes Aufbrechen merkte er nicht, wie der Mund an dem Handrücken festklebte und aus dem Gesicht fiel. Herr Herman griff mit der Hand, an dem der Mund baumelte, nach dem Hut auf der Hutablage. Verängstigt ließ sich der Mund zwischen die anderen Hüte fallen. Herr Herman machte leise die Wohnungstür hinter sich zu.

Als er im Bett lag, fiel ihm ein, er müsse sich noch die Zähne putzen. Er schmierte sich die Zahnpasta auf die Wange. Verärgert schaute er in den Spiegel. Panisch suchte er in der ganzen Wohnung nach seinem Sprechorgan. Schließlich band er sich ein Tuch um die untere Gesichtshälfte, zog den Mantel an, vergaß in der Eile den Hut und winkte auf der Straße ein Taxi herbei.

„Josef, kannst du nicht sprechen?" fragte der Freund, als Herr Herman, im Halbdunkel des Hausflurs stehend, mit den Händen gestikulierte und mit dem Fuß auftrat.

Herr Herman legte den Mantel an der Garderobe ab. Er hörte ein schwaches, „Psst". Er dachte, es sei sein Freund, der ihn ins Wohnzimmer rief. „Nimm doch dieses lächerliche Tuch ab", forderte dieser ihn auf, als sie sich gesetzt hatten. Herr Herman schüttelte den

Kopf. „Was hast du denn?" Herr Herman deutete an, er wolle etwas zum Schreiben.

Sie suchten zwischen den liegengebliebenen Gläsern und Tellern, unter den Kissen des Sofas, den Büchern der Bibliothek und auch zwischen den Jacken und Mänteln der Garderobe. Keiner dachte an die Hutablage. Der Mund war inzwischen zu trocken, um noch die Lippen bewegen zu können. Herr Herman nahm den Mantel, fuhr nach Hause und legte sich wieder ins Bett.

Mitten in der Nacht klingelte jemand an der Wohnungstür. Der Unbekannte klingelte ununterbrochen. Schließlich machte Herr Herman auf. Es war sein Freund. In der Hand hielt er ein feuchtes Baumwollsäckchen.

***

Frau Hennig

Frau Hennig sitzt vor dem Fernseher. Sie lebt allein. Jemand schließt die Wohnungstür auf. Die Toilettentür quietscht. Nach einer Weile ist das Rauschen der Toilettenspülung zu hören. Jemand wäscht sich die Hände. Frau Hennig geht in den Flur und klopft an die Toilettentür. Dann öffnet sie sie. Es ist niemand da. Sie setzt sich wieder vor den Fernseher. Jemand duscht sich. Der Duschhahn wird abgedreht. Frau Hennig hört das Summen einer elektrischen Zahnbürste. Sie geht in den Flur und öffnet die Badezimmertür. Es ist niemand da. Frau Hennig setzt sich wieder vor den Fernseher. Jemand lässt im Schlafzimmer die Jalousie herunter. Frau Hennig geht in den Flur und öffnet die Schlafzimmertür. Im Bett liegt niemand. Der Aufzug hält auf ihrem Stockwerk. Jemand macht das Absperrgitter auf und zu. Der Aufzug fährt nach unten. Endlich, denkt Frau Hennig, ist er weg.

***

Die Frau vor dem Geldautomaten

Eine Frau stellt sich an einen Geldautomaten. Hinter ihr bildet sich eine Schlange. Die Frau steht einfach da. Die Schlange wird länger. Die Frau schaut auf den Bildschirm. Die Schlange reicht bis auf die Straße. Die Frau fährt sich durchs Haar. Die Menschen in der Schlange unterhalten sich. Die Frau zieht sich den rechten Schuh aus. Der Mann hinter ihr brummelt. Die Frau zieht sich den Schuh wieder an. Der Mann fragt, ob sie noch lange brauche. Die Frau verlässt die Bank. Der Mann stellt sich an den Geldautomaten.

***

Im Bett

Renate kommt ins Schlafzimmer. Sie hebt die Hände an die Wangen, als ob ihr heiß sei. Sie setzt sich zu mir ans Bett. Sie weint. Sie streichelt meine Stirn. Ich spüre ihre Gedanken, Gedanken der Zuneigung. Renate geht ins Wohnzimmer und telefoniert. Sie beherrscht sich, damit ihre Stimme sachlich klingt. Ich schaue nach draußen. Auf der Fensterbank pickt eine Kohlmeise die Brotkrümel auf, die ich ausgestreut hatte. Es klingelt an der Tür. Es ist wohl der Bestattungsunternehmer.

***

In der Küche

Manfred, der Kellner, ruft, wo bleibt das Schnitzel für Tisch vier. Willi, der Koch, springt zwischen den Töpfen und Pfannen hin und her. Durchs Schlüsselloch dringt ein Geruch nach angebranntem Fleisch. Manfred eilt mit dem Teller hinaus. Willi wischt sich den Schweiß von der Stirn und schreit den Kochlehrling an. Jürgen ist sechzehn, dünner und schüchtern. Um den Küchenschrank, in dem ich hocke, macht er einen großen Bogen. Hermine, die Restaurantbesitzerin, kommt aus dem Speisesaal, scheinbar guter Laune. Willi macht sich wieder an die Arbeit. Tisch zwei wünscht ein Zanderfilet mit Pommes. Willi holt den Fisch und die Frittentüte aus dem Gefrierfach. Der Lehrling hat den Salat für Tisch fünf zubereitet: geraspelte Sellerie und Möhren, Paprika-, Gurken- und Tomatenscheiben, Salatblätter, Hähnchenfleisch, etwas Öl und Balsamico. Ich habe Hunger. Hermine geht nach Hause. Zwei Stunden später löscht Willi als Letzter das Licht in der Küche. Ich nehme die Taschenlampe in die Hand und drücke die Schranktür auf. Es ist immer noch heiß in der Küche. Ich schwitze. Ich gehe auf die Toilette neben der Küche, ziehe mich aus und wasche mich. Willi muss mir ein neues Unterhemd geben. Eigentlich soll er die Küche sauber machen. Dafür, dass er mich nicht verrät, erledige ich diese Aufgabe. Bisher habe ich Glück gehabt. Es ist Mitternacht. Erst wasche ich die Gläser, dann die Teller, zum Schluss die Töpfe. Der Mond leuchtet durch das Hoffenster. Ich kann auch ohne Taschenlampe genügend sehen. Ich wische Herd und Boden sauber. Von dem Salat ist nichts übrig geblieben. Willi hat mir eine halbvolle Weinflasche dagelassen. Schade, dass das Essen kalt ist. Ich wasche meinen Teller ab. Die leere Weinflasche stelle ich zu den anderen. Die Tür zum Innenhof ist nicht abgeschlossen. Früher habe ich dort Zigaretten geraucht. Ich habe nicht mehr genug Geld, um die Glimmstängel zu bezahlen. Ich trinke noch ein Glas Leitungswasser. Draußen wird es bereits hell. Die Chefin kommt gegen sieben. Ich hocke mich wieder in den Schrank und versuche, ein wenig zu schlafen. Frauenschuhgeklapper weckt mich. Hermine eilt zwischen Küche und Speisesaal hin und her. Offenbar vermisst sie die Kassette mit den Tageseinnahmen und verdächtigt anscheinend Willi, dessen Geldsorgen sie kennt. Ich öffne die Schranktür einen Spalt. Die Chefin wühlt in der Kommode mit den Tischdecken. Sie bemerkt mich nicht. Ich kenne Willi gut. Er ist ehrlich. Ich schleiche mich auf die Toilette. Hoffentlich entdeckt Hermine nicht meine Vorräte im Küchenschrank. Ich bin sehr müde. Hermine höre ich nicht mehr. Ich gehe zurück zum Küchenschrank, aber der ist abgeschlossen. Ich muss auf Willi warten. Um elf kommt er, aber er hat den Schlüssel nicht dabei. Ich verstecke mich wieder auf der Toilette. Kurz darauf kommt Hermine. Ich höre, wie Willi und sie streiten. Sie hat offenbar mein Geld im Küchenschrank gefunden. Schließlich höre ich Willi, der die Restauranttür hinter sich zuschlägt.

Ich verlasse die Toilette und betrete die Küche. „Ich habe gehört", sage ich zu Hermine, „Sie brauchen einen Koch." „Das hat sich aber schnell herumgesprochen", erwidert sie: „Du siehst nicht aus wie ein Koch." „Ich habe in der Gastronomie gearbeitet." „Als was?" „Als Küchenhilfe." „Wir brauchen aber einen Koch." „Geben Sie mir bitte eine Chance." „Dann bleib, bis ich einen Besseren finde." Kurz darauf kommen Manfred und Jürgen. Der Lehrling schaut mich ängstlich an. Sein Messer zittert, als er die Zwiebeln schneidet. Er redet kaum ein Wort mit mir. Manfred bin ich gleichgültig. Zum Mittagessen kommen drei, vier Gäste. Ich lasse Jürgen den Abwasch machen und schnorre von Manfred eine Zigarette. Vom Innenhof aus sehe ich Jürgen dem Kellner etwas ins Ohr flüstern. Ich drücke die Zigarette aus und kehre zu meiner Arbeit zurück.

***

Eine Italienerin in Köpenick

Vom Rathaus Köpenick kommend, fand Carla Rossi bei der einsetzenden Dunkelheit und in dem Gewirr von kleinen Straßen nicht den Weg zurück zur Straßenbahnhaltestelle. Sie wanderte umher, bis sie einen alten Mann sah, der sich mit verschränkten Armen aus einem Hochparterrefenster lehnte und sie anschaute, als ob er schon lange auf sie gewartet habe.

„Wissen Sie den Weg zur Straßenbahn? Ich muss zurück zur Friedrichstraße", rief Carla ihm zu.

„So, wie Sie aussehen, sind Sie bestimmt aus dem Westen, antwortete der vielleicht 60-jährige Mann. „Kommen Sie doch einen Moment zu mir."

„Es tut mir leid. Ich kann nicht. Ich habe keine Zeit. Können Sie mir bitte nur sagen, wie ich zur Straßenbahn komme?"

„Gönnen Sie sich doch erst mal eine Tasse Tee. Danach lässt sich alles Weitere klären." Der Mann lächelte sie gewinnend an.

„Nenn mich ruhig Otto", sagte Herr Gronenbaum, als Carla den Wohnungsflur betrat, an dessen Wänden lauter Wimpel, Plaketten, Fahnen und andere Insignien hingen. Herr Gronenbaum bat den Besuch ins Wohnzimmer und ging selbst in die Küche. Wenig später kehrte er mit zwei dampfenden Teetassen zurück. Er reichte der jungen Frau die Stalin-Tasse, während er für sich selber diejenige mit dem Abbild von Lenin nahm. Carla, die sich erstaunt und zugleich belustigt umgesehen hatte, nahm einen Schluck von dem ranzig riechenden Heißgetränk. Sie meinte, damit ihrer Gastpflicht genüge getan zu haben. Sie wollte gerade wieder nach der Straßenbahn fragen, als ihre Zunge schwer wurde. Herr Gronenbaum nahm ihr die Tasse aus der Hand, und Carla schlief ein.

Mitten in der Nacht wachte sie auf. Sie war auf einem Krankenbett festgeschnallt und hatte Kopfschmerzen. Niemand schien ihre Hilfeschreie zu hören. Am Morgen brachte eine ältere, streng aussehende Frau das Frühstück. Carla hatte Hunger. Frau Gronenbaum lächelte sie an.

„Was wollen Sie von mir?", fragte Carla halb verängstigt, halb aufgebracht.

„Eine junge Genossin wie du sollte sich nicht so aufregen. Spare dir deine Kräfte auf für den Kampf gegen den imperialistischen Feind."

„Was reden Sie da für einen Stuss? Machen Sie mich los. Ich muss sofort zurück nach Westberlin. Mein Tagesvisum ist abgelaufen."

„Heute beginnt die erste Lektion: Wie erkenne ich einen Klassenfeind?"

„Lassen Sie mich gehen. Ich will hier weg."

„Du bist in guten Händen", sagte Frau Gronenbaum. „Mach dir keine Sorgen. Wir haben dich befreit."

Carla wurde wild und schrie, aber Frau Gronenbaum klebte ihr den Mund mit einem Klebestreifen zu und gab ihr eine Spritze.

Die Gefangene musste die nächsten Tage abwechselnd Arbeiterlieder oder Reden von Ulbricht und Honecker anhören. Nach einer Woche merkte Carla, sie könne ihrem Ziel, wieder in den Westen zu ihrer Familie und ihrem Freund zu gelangen, nur näher kommen, indem sie Gehorsam vortäuschte und eine Unachtsamkeit ihrer Entführer abwartete.

„Du bist also Italienerin", sagte Frau Gronenbaum eines Morgens.

„Das stimmt, Genossin Gisela", erwiderte Carla.

„Wie kommt es, dass du so gut Deutsch sprichst?"

„Ich habe lange Jahre in der Höhle des Klassenfeindes, also in Westberlin, verbracht."

„Bist du froh, endlich im freiheitlichen Sozialismus zu leben?"

„Ja, das bin ich, Genossin Gisela."

„Du lügst, Genossin!"

„Jawohl, Genossin Gisela. Ich bin noch immer nicht ausreichend überzeugt von dem Endsieg des Sozialismus und der ewigen Freundschaft mit unserem sowjetischen Brudervolk."

„Du heuchelst", ereiferte sich Frau Gronenbaum, „dir werde ich die feindliche Gesinnung noch austreiben."

Als Carla wieder allein war, wurde ihr allmählich klar, wie recht Genossin Gisela hatte. Alles, was Carla über Ausbeutung, Entfremdung, Klassenkampf oder den imperialistischen Feind hörte, leuchtete ihr jetzt ein. So war es doch, daran gab es keinen Zweifel.

Die Gronenbaums reisten mit der neuen Genossin aufs Land zu ihrer Datscha. Carla genoss die frische Frühlingsluft. Sie konnte im Garten umherlaufen, und gemeinsam schauten sie sich abends *Der schwarze Kanal* an, eine Fernsehsendung, die die westdeutschen Medien entlarvte. Der imperialistische Westen schien Carla inzwischen weit entfernt. Sie wollte für den Sozialismus kämpfen.

Eines Morgens ging Carla durch das Dorf und sah einen hübschen, wenn auch etwas verstört aussehenden jungen Mann auf der anderen Straßenseite. Er hielt seine Hände tief in den Hosentaschen und schaute auf den Boden.

„Guten Morgen, Genosse, es ist ein schöner Tag heute. Arbeitest du in der LPG?"

„Ich bin nicht in der LPG", murrte Erich Plötzenbein, der einfach weiterlief.

„Was machst du dann? Glaubst du etwa nicht an den Sieg des Kommunismus?", fragte Carla erstaunt, die mit ihm Schritt zu halten suchte.

„Ich bin in der Partei, reicht das nicht?", erwiderte Erich, der sich wunderte, dass jemand so viel Interesse für ihn aufbrachte. „Wie heißt du überhaupt?", fragte er zurück.

Sie nannte ihren Namen und fügte rasch hinzu: „Ich bin hier bei meinen Großeltern in der Wiesenstraße."

„Bist du etwa diese Ausländerin, die bei den Gronenbaums wohnt und von der man nicht weiß, woher sie plötzlich aufgetaucht ist? Das sind doch nicht deine Großeltern oder?"

„Nein", gab Carla kleinlaut zu.
„Glaubst *du* denn an den Sieg des Kommunismus?", fragte Erich, der jetzt stehen blieb und die junge, hübsche Frau näher anschaute.
„Ich werde der Partei meinen letzten Tropfen Blut opfern, wenn sie es mir befiehlt."
„Die haben dich ja ganz schön indoktriniert."
„Was meinst du damit?", fragte Carla unsicher.
„Nein, lass nur", erwiderte er, „es hat mich gefreut, dich kennen zu lernen."

Zu Hause wollten die Gronenbaums nicht glauben, dass sie kurz vor ihrer Enttarnung stünden. Sie hatten sich sicher gefühlt. Jetzt durfte Carla nicht mehr ins Dorf gehen. Sie verzehrte sich in Liebe zu Erich. Es vergingen Monate, bis sie ihn wieder sah. Nachdem sich die Lage wieder beruhigt zu haben schien, stand Erich eines Abends mit einem Strauß Blumen vor der Tür. Nachdem sie festgestellt hatten, dass niemand sein Kommen bemerkt hatte, umarmten und küssten sie sich. Die Gronenbaums drückten ein Auge zu, denn sie hatten Erkundigungen eingezogen: Der junge Mann war harmlos.

Alle zusammen feierten sie das neue Jahr 1989: 200 Jahre französische Revolution. 40 Jahre DDR. Im März gedachten sie des 36. Todestages des Genossen Stalin. Im „Neuen Deutschland" waren rätselhafte Nachrichten über die Konterrevolution in China zu lesen. Den ganzen Sommer über purzelte eine neue Meldung nach der anderen ins Dorf. Die Menschen waren in Aufruhr, nur Gronenbaums konnten all das Neue nicht begreifen. Carla war unruhig: Erich redete wirr, er werde der nächste Generalsekretär der SED sein.

Am 9. November rissen konterrevolutionäre Kräfte den Antifaschistischen Schutzwall nieder. Das ganze Kapitalistenpack konnte sich nunmehr frei in der DDR bewegen. Für Otto und Gisela war es ein schwerer Schlag. Sie hatten diesen Staat mit aufgebaut, der jetzt bald nicht mehr existieren würde. Wie hatte das nur passieren können? Während sie weinten, war Carla voller Tatendrang. Sie gründete ein Dorfkomitee zur Stärkung der sozialistischen Republik und hatte bald eine ganze Schar von Menschen um sich versammelt, denen die neue Entwicklung nicht geheuer war. Großen Schmerz bereitete ihr, dass Erich immer mehr in seine abwegigen Vorstellungen abdriftete und schließlich in eine psychiatrische Klinik gebracht werden musste. Carlas Familie nahm Kontakt mit ihr auf, doch sie wollte mit ihren Eltern nichts mehr zu tun haben: Ihre Zukunft lag in der DDR.

An einem Oktobertag zerstörten die Handlanger des Kapitals, sprich die Regierung Westdeutschlands, den schönsten Traum, den es je auf deutschem Boden gegeben hatte. Carla wandelte ihr Dorfkomitee in eine Kampfgruppe für die sozialistische Erneuerung um. Man besorgte sich Waffen aus Beständen der NVA. In ihrer ersten Aktion befreite die Kampfgruppe Erich aus seinem psychiatrischen Gefängnis. Carla und Erich mussten ins Ausland fliehen. Bei einem Treffen im Hause eines ostdeutschen Exilanten in Chile sagte Margot ihnen: „Auf Genossen wie euch kann die Revolution nicht verzichten." Auf Kuba führen sie seit vielen Jahren ein bescheidenes und aufrechtes Leben. Ihre Hoffnung auf eine bessere Zukunft legen sie in ihren Sohn, der morgens um fünf aufsteht, um den Bauern bei der Zuckerrohrernte zu helfen.

***

Meine Mokkamaschine

Jeden Morgen zischt mich die Mokkamaschine aus dem Schlaf. Mit verschlafenen Augen und nackten Füßen stehe ich auf den kalten Küchenfliesen und fühle mich, während ich den noch zu heißen, schwarzen Kaffee aus einem weißen Mokkatässchen schlürfe, nach sechs Monaten Rom bereits wie ein Italiener. Jeden Morgen fahre ich mit der Straßenbahn zur Universität und höre mir Vorlesungen über Gabriele D'Annunzio und Giovanni Pascoli an. Ich mache einen Master in italienischer Dichtung des 19. und 20. Jahrhunderts.

Die Studenten in meinem Kurs merkten sofort, dass ich aus Deutschland komme. Als erstes bräuchte ich eine Mokkamaschine, erklärte Pietro. Er begleitete mich zu einem Haushaltswarenladen. Das Kaffeekochen schien für ihn eine wahre Wissenschaft zu sein. Pietro belehrte mich, während ich uns in meiner Wohnung in der via Nomentana den ersten Espresso machte, es gäbe zwei Fraktionen unter den Italienern: Diejenigen, die das Kaffeepulver im Mokkasieb noch extra zusammendrückten und diejenigen, die darauf schwüren, es nur locker aufzuhäufen. Wie in vielen anderen Dingen in Italien seien sich diese Fraktionen spinnefeind. Wie er gerade gesehen habe, hätte ich mich aber für einen Kompromiss entschieden.

Der bittere Duft des überfließenden Kaffees breitete sich in der Küche aus. Beim ersten Schluck verzog Pietro den Mund. Er goss den Kaffee in die Spüle. Als hätte er es plötzlich eilig, drückte er mir die Hand und versicherte, wir würden uns am nächsten Tag sehen.

Der Kaffee schmeckte verbrannt. Ich goss Kondensmilch hinzu, die ich mir mitgebracht hatte. Er schmeckte jetzt fast so, wie ich ihn aus Deutschland kannte.

Pietro kam drei Monate später wieder. Er beobachtete meine Handgriffe, schenkte sich den Kaffee selbst ein und setzte das Mokkatässchen an die Lippen. Ich hätte Fortschritte gemacht. Als ich ihm jedoch von der Kondensmilch anbot, lehnte er ab.

Ich bekam zahlreiche Einladungen zu einem Pizzaessen in Trastevere oder zu einem Strandtag in Ostia lido. Meine Mitstudentinnen lächelten mich an und gaben mir Küsschen auf die Wange. Sobald ich an Weiteres dachte, ließen mich Patrizia, Stefania und Lidia eine unsichtbare Grenze spüren. Ich hatte nur eine Freundin: meine Mokkamaschine. Sie schien meine Liebe zu erwidern. Selbst Pietro staunte.

Hinter den halbgeschlossenen Holzläden kündigt sich ein heißer Julisonntag an. Ich bin an der Porta Pia verabredet. Wir wollen zusammen nach Fregene fahren. Ich stopfe Badehose, Sonnencreme, Strandtuch und den Gedichtband *Gramscis Asche* von Pasolini in den Rucksack. Wir sitzen zu fünft in einem Fiat Panda. Pietro fährt. Ich sitze hinten zwischen Stefania und Lidia. Die beiden ziehen mich auf, weil ich schon so lässig wie ein Bewohner des Umlandes spräche. Pietro unterbricht unser Geplapper. Erst jetzt bemerke ich, dass auf dem Beifahrersitz nicht Patrizia sitzt. Ingeborg ist hübsch. Mitten in dieser Sommerlandschaft sehne ich mich nach einem trostlosen Winterwald, in dem ich mit ihr spazieren gehe: *Un colpo di fulmine.*

Ingeborg bringt eine deutsche Kaffeemaschine in die via Nomentana. Sie ist der Meinung, wenn wir eine gemeinsame Zukunft aufbauen wollen, müssten wir auf Dauer den gleichen Kaffee trinken.
„Wie kann dir der Kaffee aus so einer schmutzigen Mokkamaschine überhaupt schmecken?"
„Das ist ja gerade das Geheimnis," entgegne ich: „Je älter eine Mokkamaschine ist, desto besseren Kaffee macht sie."
„Und wer sagt das?"
„Pietro."
Ingeborg gibt mir einen Kuss: „Das ist doch Aberglaube."

Als ich aus der Universität komme, will ich mir einen Espresso kochen. Die Mokkamaschine glänzt wie neu.
„Ich habe auch den Dichtungsring erneuert. Der sah schrecklich aus."
Meine Mokkamaschine blickt mich vorwurfsvoll an, als ich sie auf die Gasflamme stelle. Ingeborg langt eingeschüchtert nach einem Mokkatässchen auf dem oberen Regalbrett. Mein Blick fällt auf ihre gestreckten Beine. Das Nächste, woran ich mich erinnere, ist der Gestank nach verbranntem Gummi.

***

Tomatenholz

Unser Haus in Umbrien hatte einen Garten mit vier Tomatenbäumen. Morgens gab ich ihnen Wasser, später las ich ihnen eine Geschichte von Italo Calvino oder Alberto Moravia vor, und am Abend tanzte ich für sie den Tomatenbaumtanz.

In der kalten Jahreszeit muss man die Bäume mit einer warmen Wolldecke zuschnüren, sonst werden die Tomaten im Sommer nicht richtig rot. Im Frühling zeigen die Tomatenbäume ihre Blätter und Blüten spät, wenn die Sonne schon hoch über den Horizont steigt. Die Blüten sind von einem leuchtenden, lachenden Gelb. Die Tomatenkörper wachsen heran, werden groß, rund und tragen eine glatte, feste Haut.

Mein kleiner Bruder kam immer in Versuchung, die beinahe reifen Tomaten vom Baum zu pflücken und sie mit einer Prise Zucker zu verschlingen. Wir aber brauchten die Tomaten, um daraus Tomatensoße für den Winter zu machen.

Einmal hatten wir ein großes Unwetter. Unser bester Tomatenbaum knickte um. Mein Vater sagte, wenn wir ihn ganz weit unten abholzen, kann er mit der Kraft der Wurzel neue Triebe werfen. Mit seinen starken Armen schlug mein Vater das Holz des toten Baumes in kleine Teile. Als der nächste Winter kam, erinnerte uns das brennende Tomatenholz im Kamin an den heißen und schönen Sommer.

Nach dem Abitur fing ich ein Studium der Agrarwissenschaften an. Die Professoren hielten nichts von meinen Methoden der Tomatenbaumpflege, und so wandte ich mich der Literaturwissenschaft zu. Mein Vater verstand das nicht.

Eines Tages kam Giovanni, der auch aus Umbrien stammte, aufgeregt in mein Zimmer. Ich lernte gerade für die große Prüfung in italienischer Literatur. Er sagte, mein Vater sei am Telefon. Es sei dringend. Ich lief nach unten. Alle Tomatenbäume seien von einem Pilz befallen, sagte Vater. Er habe gehofft, ich könne ihm helfen. Giovanni zeigte mir später eine Ausgabe des *Corriere dell'Umbria*, in dem stand, dass das Aussterben des Tomatenbaums das Ende für viele Bauernhöfe bedeute.

Ich wurde Italienischlehrer in einer kleinen Stadt im Piemont und lernte meine Frau kennen. Wir wohnten am Rande der Stadt und hatten einen kleinen Gemüsegarten. Als ich unserem Nachbarn, einem Bauern, von der Pflege der Tomatenbäume erzählte, schüttelte er den Kopf. Er kenne keine Tomatenbäume. Erst Jahre später, als ich mit meiner Frau in Madrid war, besuchten wir zufälligerweise auch den Botanischen Garten, der direkt neben dem Prado-Museum liegt. Wir bestaunten die vielen exotischen Pflanzen, bis meine Frau mich am Ärmel zupfte und auf einen dünnen, noch jungen Baum mit roten Früchten zeigte: ein Tomatenbaum. Ich hatte seit damals keinen mehr gesehen. Ich schaute mich um und steckte eine Frucht in meinen Rucksack, um sie meinem Vater zu bringen.

***

Der tote Kanzler

Gregor Scheibenbein saß vor dem Fernseher in seiner Wohnung im Bundeskanzleramt. Er war allein. In den Abendnachrichten hieß es, er, der Bundeskanzler, sei auf dem Weg von Köln nach Berlin bei einem Flugzeugabsturz ums Leben gekommen. Diese Journalisten mit ihren Falschmeldungen! Er hatte das Flugzeug doch verpasst und war mit der nächsten Maschine geflogen.

Empört ging er in sein Büro. Die Sekretärin blickte weinend und überrascht von ihrem Computer auf.

„Sie wünschen?" fragte sie.

„Erkennen Sie mich denn nicht?" erwiderte er verblüfft.

„Nein, tut mir leid, wir sind uns noch nicht begegnet."

„Ich bin es, Ihr Chef."

„Ich glaube, solche Scherze sind unangebracht. Der Bundeskanzler ist tot."

„Aber ich bin doch gar nicht tot."

„Das sehe ich, aber ich habe zu tun. Soll ich Ihnen ein Taxi rufen?"

„Nein, danke" erwiderte der Kanzler und verließ das Zimmer.

Er ging zu seiner Wohnung zurück. Er musste seine Frau anrufen. Sie war gerade in Mailand. Sie würde dieses Missverständnis aufklären.

„Bist du es, Max?", fragte sie, als er sie schließlich erreichte „Ich bin so froh, dich zu hören."

„Ich bin es, Gregor."

Offenbar hatte sie ihn nicht verstanden, denn sie sagte: „Wir brauchen uns jetzt nicht mehr zu verstecken. Ich liebe dich, Max."

„Ich liebe dich auch," sagte der Kanzler und legte auf. Wer war Max?

Scheibenbein hatte Durst. Er ging ins Adlon und bestellte ein Bier. Niemand erkannte ihn. Er trank ein zweites Bier und fühlte sich besser. Draußen war es dunkel geworden. Er wollte in seine Wohnung zurückkehren und sich hinlegen, doch der Polizist am Eingang ließ ihn nicht passieren. Der Bundeskanzler wurde wütend, bis der Beamte einen Krankenwagen rief. Die Krankenpfleger halfen nach, als Scheibenbein nicht hinten einsteigen wollte. Der Arzt in der Notaufnahme der Klinik fragte ihn, ob er eine Krankenversicherung habe und wie er heiße.

„Sie wissen nicht, wer ich bin?" fragte der einzuweisende Patient.

„Nein."

„Schauen Sie denn nie die Nachrichten an?", empörte sich der Totgeglaubte, „ich bin Gregor Scheibenbein, der Bundeskanzler."

Der Arzt seufzte. Einen „Bundeskanzler" hatten sie hier schon lange nicht mehr gehabt.

„Ich werde Ihnen jetzt eine Spritze geben," sagte er mit ruhiger Stimme, „und morgen sieht alles wieder normal aus.".

Zwei Pfleger hielten den um sich schlagenden Kanzler fest, während der Arzt ihm das Beruhigungsmittel injizierte.

Als er am nächsten Morgen aufwachte, fühlte Scheibenbein sich wie ein Boxer, dem sein Gegner ins Gesicht geschlagen hatte. Er versuchte nachzudenken. Mit welchem Namen hatte seine Frau ihn gestern angesprochen? Max. Sein Rivale Heinermann, der Außenminister, hieß doch Max. Der Bundeskanzler schrie, bis ein Pfleger kam und ihm eine weitere Spritze gab.

Obwohl der behandelnde Arzt es ihm verboten hatte, gelang es Scheibenbein eine Woche nach dem Flugzeugabsturz, in den Fernsehraum zu schleichen und sich einige Momente seiner Trauerfeier anzusehen. Helene, seine Frau, und Max, ihr Liebhaber, saßen im Reichstag in der ersten Reihe. Diese Heuchler, murmelte Scheibenbein. Der Moderator der Sendung erklärte, Max Heinermann werde der neue Bundeskanzler. Da lachte Scheibenbein hysterisch, so dass ein Pfleger ihn entdeckte und ihn wieder in sein Zimmer brachte.

Die Wochen vergingen in der Klinik, ohne dass jemand diesen unglaublichen Irrtum bezüglich seines Todes erkannt hätte. Gregor schaute sich im Fernsehraum *Star Trek* und andere alte Serien an. Das Essen auf der Station war grässlich. Er hatte bestimmt abgenommen. Jeden Morgen und jeden Abend musste er im Schwesternzimmer seine Medikamentenration abholen. Gregor ging abends sehr zeitig ins Bett.

Die meisten Patienten auf der geschlossenen Station mochte er nicht. Einer hatte in verwirrtem Zustand eine Tankstelle überfallen und bettelte ihn ständig um Schokolade an. Eine spanische Mutter, die nur schlecht Deutsch sprach, war aus dem Fenster ihrer Wohnung gesprungen und hatte sich beide Beine und einen Arm gebrochen. Sie redete, in ihrem Rollstuhl sitzend, dauernd auf Gregor ein, da er ihr dummerweise preisgegeben hatte, dass er ein wenig Spanisch verstand. Der arbeitslose Mann einer Anwältin hatte sich bei einer Gerichtsverhandlung splitternackt ausgezogen. Wann immer die Pfleger ihn für einen Moment aus den Augen verloren, lief er schreiend und ohne Kleidung durch die Station. Keiner konnte ihn leiden.

Die langen Stunden des Tages verbrachte Gregor außer vor dem Fernseher am liebsten mit Nicole, einer Patientin, die an einer Psychose erkrankt war. Sie war die Einzige, mit der er sich auf der Station verstand. Sie arbeitete als Museumswärterin in der Gemäldegalerie, und mit ihr konnte er sich über alte Kunst unterhalten, die schon lange sein Steckenpferd war.

Als man Gregor nach einigen Monaten aus der Klinik entließ, nahmen Nicoles Eltern ihn auf, bis er eine eigene Wohnung gefunden hätte. Viele Tätigkeiten, die er vorher mit links erledigt hatte, dauerten jetzt ihre Zeit. Sein Psychiater, zu dem er regelmäßig ging, sagte ihm, die Medikamente werde er noch eine ganze Weile nehmen müssen. Gregor meldete sich arbeitslos. Nicole war inzwischen auch nach Hause zurückgekehrt. Da es bei den Eltern zu eng war, beschlossen sie nach einigen Wochen, eine Zweizimmerwohnung im Norden Berlins zu suchen. Nicole nahm ihre Arbeit als Museumswärterin wieder auf. Gregor konnte gut mit Zahlen umgehen, und die Arbeitsagentur vermittelte ihm eine Stelle als Buchhalter in einem Betrieb nicht weit von ihrer Wohnung entfernt. Um fünf hatte er Feierabend. Nicole und er schauten sich oft amerikanische Filme im Kino an, und wenn sie am Wochenende keinen Dienst hatte, gingen sie an der Havel spazieren. Die frische Luft tat ihnen gut.

***

Die Wohnung

Ich hatte das Stockwerk verfehlt. So etwas Dummes war mir noch nicht passiert: Ich musste lachen über meine Zerstreutheit und stellte die Einkaufstaschen auf dem Treppenabsatz ab. Gerne hätte ich verbotenerweise eine Zigarette geraucht. In meiner Wohnung kann ich machen, was ich will, rauchen, das ganze Wochenende im Bett lesen, meine Kunstpostkarten betrachten. Meine Bücher und die Kunstpostkartensammlung aus 523 deutschen und europäischen Kunstmuseen sind meine Leidenschaft.

Mit den Taschen in der Hand stieg ich ein Stockwerk tiefer. Zu meiner Verwunderung standen Damenschuhe vor meiner Tür. Der Wohnungsschlüssel passte nicht. Eine Frau riss die Tür auf und drohte mit der Polizei, falls ich nicht aufhörte, sie zu belästigen. Es war Frau Himberg, die eigentlich ein Stockwerk unter mir wohnt. Ich schaute auf das Namensschild: Es war tatsächlich ihre Wohnung. Ich entschuldigte mich.

Ich ging die Treppe hinauf und war wieder im falschen Stockwerk. Ich ging nach unten und stand wieder vor Frau Himbergs Tür. Mein Stockwerk blieb verschwunden!

Herr Samtfuß, mein Nachbar aus der Wohnung über mir, kam mir entgegen. Er tat so, als ob ich gar nicht da wäre. „Entschuldigen Sie, Herr Samtfuß. Ich bin Ihr Nachbar, Herr Friedrich…" Er machte eine abwehrende Geste und verschwand in seiner Wohnung.

Die Sonne blendete mich. Ich stand im Innenhof, blickte nach oben und hielt mir die Hand an die Augen. Auf dem Balkon hatte ich eine große Oleanderpflanze stehen. Doch sie befand sich auf dem Balkon von Herrn Samtfuß.

„Besitzen Sie einen Oleanderstrauch?", fragte ich meinen Nachbarn, noch außer Atem vom Treppensteigen.
„Warum interessiert Sie das?" fragte er zurück.
„Ich habe ihn auf Ihrem Balkon gesehen", entgegnete ich.
Herr Samtfuß bat mich herein. Er ließ mich in seinem Wohnzimmer Platz nehmen und bot mir einen Kaffee an. Wir sprachen über das frühsommerliche Wetter. Mein Blick fiel auf ein Poster der berühmten Tübinger Cézanne-Ausstellung von 1993.
„Sind Sie damals in Tübingen gewesen?" fragte ich ihn und zeigte auf das Bild.
„Ja, ich habe mir die Ausstellung zweimal angesehen. Wirklich wunderbare Gemälde."
„Genau das gleiche Poster hängt in meiner Küche."
„Ach tatsächlich."
Er schien die Wahrheit zu sagen. Wir gingen auf den Balkon, wo er mir den Oleanderstrauch zeigte, den er zwei Wochen zuvor gekauft habe. Ich bemerkte das Preisschild an einem der Äste. Auch mit dem Poster konnte es tatsächlich ein Zufall sein. Die Cézanne-Ausstellung hatten Hunderttausende Kunstliebhaber besucht.
Ich hob meine Einkaufstüten auf. An der Tür gab mir Herr Samtfuß einen warmen Händedruck.

In der einen Tasche waren eine Jumbopackung Zwieback, ein Glas Aprikosenmarmelade, eine Flasche Sprudelwasser, ein Liter Milch und zwei Joghurts, in der anderen Toilettenpapier. Ich ging nach unten. Ein Polizeiauto fuhr die Straße entlang. Ich winkte es heran. Einer der Polizisten stieg aus.

„Wie kann ich Ihnen helfen?"
„Meine Wohnung ist verschwunden."
„Bei Ihnen wurde eingebrochen?"
„Sie glauben mir nicht!"
„Wohnen Sie hier in der Nähe?"
„Gleich in diesem Haus", antwortete ich und schöpfte Hoffnung.

Der Polizist nahm zwei Stufen auf einmal. Als wir vor Herrn Samtfuß' Tür standen, erklärte ich ihm, meine Wohnung habe ein Stockwerk tiefer gelegen. Er warf mir einen verärgerten Blick zu. An Frau Himbergs Tür schaute er zunächst nach Einbruchsspuren und forderte mich auf zu öffnen. Als ich ihm meine Lage erneut zu erklären suchte, klingelte er.

„Kennen Sie diesen Mann?" fragte der Polizist.
Frau Himberg blickte mich an.
„Einbrecher schrecken heutzutage vor nichts zurück."
„Er wohnt also nicht bei Ihnen?"
„Nein."
Bevor sie die Tür schloss, warf sie dem Beamten einen dankbaren Blick zu.
Er wollte meinen Ausweis sehen.

„Den habe ich in der Wohnung gelassen", entgegnete ich, verwirrt von der bösartigen Unterstellung der alten Frau.

Meine Identität konnte erst am nächsten Morgen festgestellt werden. Ich verbrachte die Nacht in einer Arrestzelle. Nachdem man mich entlassen hatte, ging ich zurück zum Mietshaus und klingelte bei Herrn Samtfuß. Er kochte mir einen Kaffee, ich spendierte ihm Zwieback und Aprikosenmarmelade. Wir unterhielten uns über Kunst. Herr Samtfuß erwähnte scheinbar beiläufig, Frau Himberg sei auch sehr kunstinteressiert. Seit Jahren besuche sie europäische Kunstmuseen und bringe wunderschöne Kunstpostkarten mit nach Hause.

Schlagartig war mir klar, dass Herr Samtfuß meinen Oleanderstrauch und mein Cezanne-Poster gestohlen und Frau Himberg sich meine Kunstpostkartensammlung angeeignet hatte.

Der Staatsanwalt beschuldigte mich beim Prozess, ich hätte mir gewaltsam Zugang zu Frau Himbergs Wohnung verschafft und mehrere Gegenstände aus ihrem Wohnzimmer entwendet. Als eine Holzschachtel hereingetragen wurde – ich sprang auf, weil ich sie erkannte –, befragte der Richter die Zeugin, ob dies ihre Kunstpostkartensammlung sei. Sie öffnete die Schachtel und bejahte die Frage.

***

Der Sumpfkönig

Die Untertanen des Sumpfkönigs bauen ihre Hütten auf kleinen Inseln. Im Norden treiben sie Handel mit den Kamelreitern aus der Wüste. Im Süden schützt das große Gebirge vor Angriffen feindlicher Stämme. Im Westen erstreckt sich ein gewaltiges, unbekanntes Meer. Im Osten machen die Dschungelelefanten kehrt, wenn ihre Füße keinen Halt mehr finden. Makahili III regiert sein Reich vom Thron in der Mitte des Sumpfes aus. Auf dem Kopf trägt er die Juwelenkrone. Einmal die Woche ruft ihm der Königssekretär vom Sumpfufer aus die neuen Nachrichten zu. John Bashville diente bereits seinem Vater. Makahili III hat John seit einer Weile nicht gesehen.

Wenn ein neuer Untertan zur Welt kommt, hält das Familienoberhaupt vom Rand des Sumpfes dem König sein Kind entgegen, und der König erteilt ihm den Segen für ein langes und gesundes Leben. Es muss schon eine Weile kein Kind geboren worden sein.

Wenn ein Krokodil vorbeigeschwommen kommt und nach dem König schnappt, zieht er die Beine hoch. Als er noch jünger war, hat er einem Krokodil einen Speer in den Rücken gestoßen. Manchmal zieht auch das Speerkrokodil an ihm vorbei.

Am Krönungstag begab sich der neue König mit einem großen Floß zu seinem Thron. Die Untertanen begleiteten ihn in kleinen Booten. Jeder durfte den heiligen Königsstuhl im Vorbeifahren kurz mit der Hand streifen. Wer ihn einmal berührt, hat ein langes

Leben, lautet ein Volksglaube. Er, der König, berührt den Thron Tag und Nacht. Der Gedanke lässt ihn seine steifen Gelenke und seinen kurzen Atem vergessen.

Der König muss tagsüber wie eine Statue auf seinem Thron sitzen. Die Untertanen sollen das Gefühl haben, alles bleibt gleich. Wenn der König zu den Menschen am Ufer schaut, beschleicht ihn das Gefühl, sie haben ihn vergessen. Wenn er seine Augen auf sie gerichtet hält, denkt er, die Menschen blicken ihn aus Ehrfurcht nicht an. Schaut er woanders hin, richten sie ihre Blicke unablässig und stolz auf ihren König. Dieser Gedanke beruhigt ihn.

Wenn ihn seine Untertanen am Abend vom Ufer aus nicht mehr sehen können, holt er seine Angel hervor und hält sie ins Wasser. Es dauert eine Weile, bis er einen zappelnden Fisch aus dem Wasser ziehen kann. Mit einem alten Messer nimmt er ihn aus. Wenn er Glück hat, fängt er zwei Fische. Obwohl er in der Dunkelheit nichts sieht, ist ihm der Abend, den er ganz für sich hat, die liebste Tageszeit. Er muss die Füße hochziehen. Sonst könnte ihn ein Krokodil in den Sumpf zerren.

Mücken und Flöhe sind eine schreckliche Plage. Wenn ihn abends niemand beobachtet, kratzt er sich mit dem Zepter den zerstochenen Rücken. Sind alle Untertanen vom Ufer verschwunden, zündet der König manchmal eine Kerze an, klappt sein einziges Buch auf und liest ein paar Zeilen. Am liebsten lehnt er sich zurück und lauscht dem Quaken der Frösche in der tiefschwarzen Nacht.

An manchen Tagen wünscht sich Makahili III, ein einfacher Untertan zu sein und am Sumpfufer spazieren zu gehen. Wenn er sich bei solchen Gedanken ertappt, ermahnt er sich. Wenn er nachts nicht schlafen kann, nimmt er die Krone in die Hand und betastet die Juwelen.

An einem verregneten Nachmittag vernimmt der König hinter sich einen Hilfeschrei. Er runzelt die Stirn. Niemand darf sich dem Thron nähern. Der König dreht sich um und schaut hinunter. Am linken hinteren Thronbein hält sich eine Frau fest. Sie scheint Angst zu haben. Der König blickt über das Wasser. In einiger Entfernung kommt das Speerkrokodil angeschwommen. Der König legt das Zepter zur Seite, nimmt die Krone ab, kniet sich auf die Sitzoberfläche, beugt seinen Rücken über die Armlehne und streckt seine Arme der verängstigten Frau entgegen. Sie ergreift seine Hände und reißt ihn beinahe mit in den Sumpf. Als das Krokodil die Frau fast erreicht hat, zerrt Makahili III sie mit letzter Kraft auf den Thron. Nicht gewillt, die Mahlzeit so einfach aufzugeben, wuchtet sich die Panzerechse hoch und schnappt nach der zitternden Frau. Als der König der Bestie das Zepter ins Maul stößt, dreht sie ab.

Die durchnässte Frau wirft sich dem König an den Hals. Angewidert will er sie wegstoßen. Er kennt dieses Weib. Sie geht oft am Ufer entlang und tratscht mit anderen Weibern. Er muss sie loswerden. Er hat eine Pfeife um den Hals, um John zu rufen. Die Pfeife muss bei der Rettungsaktion in den Sumpf gefallen sein. Lautes Rufen ist eines Königs unwürdig.

Die Frau hat sich neben ihn auf den Thron gezwängt. Ihre Oberschenkel und ihre Hüften berühren einander. Dem König ist die Berührung zuwider.

Am Ufer hat sich eine Menschenmenge gebildet. Der König ist erstaunt, dass die Untertanen offen in seine Richtung blicken. Die Frau winkt mit beiden Armen. Der König hebt ebenfalls die Hand. Die Menge verstummt. Er lässt die Hand wieder sinken.

„Wie heißen Sie?" fragt er die Frau.

„Emma. Und Sie?"

„Jeder kennt mich."

„Wir hielten Sie für eine Holzstatue auf einem modrigen Stuhl."

Die Menschen am Ufer sind auseinander gegangen. Es wird dunkel. Heute kommt keine Hilfe mehr.

Der König zieht seine Angel hervor und hält sie ins Wasser. Ein Fisch beißt an. Er zieht ihn aus dem Sumpf und nimmt ihn aus. Die Höflichkeit erfordert, ihr den Fang anzubieten.

„Rohen Fisch?" ekelt sie sich.

Er isst den Fisch langsam auf. Er tastet nach dem Buch. Auch das Buch muss ins Wasser gefallen sein. Er tastet weiter, ob seine Krone noch da ist, und klemmt sie unter den Arm.

Kurz vor Sonnenaufgang fällt er in einen tiefen Schlaf. Als er die Augen öffnet, steht die Sonne schon hoch über dem Horizont. Er erkennt ihren hellen Schein hinter den Bäumen. Die Frau ist verschwunden. Die

Juwelenkrone hat Kratzer. Der König schaut sich die drei Diamanten an der Vorderseite an: den großen in der Mitte von Makahili I, den seines Vaters und den, der zu seiner Krönung eingesetzt wurde. Als das Speerkrokodil vorbeischwimmt, reißt er ihm das Wurfgeschoss aus dem Panzer. Makahili III streckt den Rücken gerade und hält den Speer in der rechten Hand. Er hat die Krone aufgesetzt.

Am Nachmittag kommt Emma mit einem Boot angefahren. „Ich nehme dich mit." Er blickt sie fragend an und ist froh, als sie zurückrudert. Als es dunkel wird, lässt er die Füße im kühlen Sumpf baumeln.

Am Morgen löst sich ein vollbeladenes Boot vom Ufer. Als Emma näher kommt, ruft sie: „Ich habe frisches Wasser. Und Wassermelonen."

Die Augen des Königs treffen sie wie Pfeile. Sie macht das Boot an dem Thron fest, schneidet eine Wassermelone auf und reicht ihm eine dicke Scheibe. Er beäugt das verlockende rote Fruchtfleisch. John wird nicht mehr kommen. Der König nimmt die Scheibe in die Hand und beißt hinein. Der Saft rinnt ihm den Hals herunter. Zögernd greift er nach einer zweiten und auch schon nach der nächsten Scheibe. Er würde sich gern hinlegen. Emma setzt sich neben ihn. Er fühlt ihre zarte, pulsierende Haut.

Am Nachmittag ist ihm schlecht. Emma ist weggefahren. Plötzlich hasst er sein bisheriges Leben. Am Abend fiebert er.

Am Morgen kommt Emma in Begleitung eines Mannes. Er nimmt dem delirierenden König die Krone vom Kopf und bricht die drei Diamanten aus ihrer Fassung.

***

Mein Großvater

Dass er fortan die Einnahmen seiner Metzgerei an den Staat abführen und einen Arbeiterlohn erhalten würde, empfand mein Großvater als Teil eines historischen Prozesses zur Wiederherstellung einer natürlichen Gerechtigkeit. Bisher hatte er vorwiegend wohlhabende Kunden bedient. Von nun an würde auch das Volk so viel Schweinebraten und Rinderfilets essen, wie es wollte.

Genosse Ernst Breitgang gab meinem Großvater eine Liste angesehener Parteigenossen, die bei ihm einkaufen durften. Andere Kunden müsse er abweisen. Mein Großvater empfand großen Respekt vor diesen Genossen. Ihm imponierte, dass viele von ihnen mit einem Auto bei ihm vorfuhren. Er gab ihnen gutes Fleisch. Er war sich sicher, bald würden alle Bürger ein Auto fahren.

Genosse Ernst Breitgang erklärte auf einer Versammlung, an der auch mein Großvater teilnahm: „Unsere obersten Genossen sind die Speerspitze im Kampf gegen den imperialistischen Feind. Wird die Spitze stumpf, sind wir alle eine leichte Beute unserer Feinde. Ist der Imperialismus besiegt, gibt es für alle Menschen mehr als genug zu essen."

Mit neuem Eifer machte sich mein Großvater wieder an die Arbeit. Er scherzte mit seinen Kunden, hörte sich ihre Geschichten an, schnitt ihnen das beste Fleisch. Er selbst wurde immer dünner, denn er achtete ausschließlich auf das Wohl seiner Kunden. Die Speerspitze durfte nicht stumpf werden.

Auf der Straße vor der Metzgerei wurden die Menschen immer dünner. Im Winter froren sie. Auch mein Großvater hätte sich keinen neuen Mantel leisten können. Wenn jemand in die Metzgerei kam, der nicht zum Haushalt eines der oberen Genossen gehörte, erklärte mein Großvater, er habe kein Fleisch mehr. Im Viertel verdächtigte man meinen Großvater, er besitze eine Datscha am Seeufer. Er ließ in seinem Revolutionseifer nicht nach. Immer wieder stiegen vor seinem Geschäft Frauen in ausgefallenen Kleidern und uniformierte Bedienstete aus. Genosse Ernst Breitgang schickte meinem Großvater neue Namenslisten.

Ein magerer Mann kam in seinen Laden. Draußen war es bitterkalt, und der Mann schlug sich auf die Oberarme, damit ihm warm werde.

„Was wollen Sie?" fragte mein Großvater.

„Ich war Kunde bei Ihnen."

„Wie heißen Sie? fragte mein Großvater.

„Peter Lahn."

Mein Großvater hatte ihn ohne Bauch nicht wiedererkannt. Er stand nicht mehr auf der Liste.

„Können Sie mir ein paar Fleischreste geben", fragte Lahn unvermittelt.

„Es tut mir leid, ich habe nichts übrig."

„Haben Sie Mitleid mit mir."

„Ich kann nicht, Genosse."

„Ich bitte Sie, geben Sie mir etwas zu essen."
„Ich habe meine Befehle, Genosse."

„Peter Lahn hat die Partei verraten", sagte Genosse Ernst Breitgang zu meinem Großvater. „Wenn er wiederkommt, halte ihn unter einem Vorwand fest."
„Ich verstehe, Genosse, aber was hat er getan?"
„Er ist zum Feind übergegangen. Hast du nicht seinen dicken Bauch gesehen?"

Eines Morgens kam die Tochter eines bekannten Generals in die Metzgerei.
„Guten Morgen, Genossin Liebkind", sagte mein Großvater.
Genossin Anna Liebkind trug einen Pelzmantel, ihre Wangen waren gepudert und ihre blauen Augen leuchteten. Mein Großvater fühlte plötzlich eine süße Erregung. Ein Lächeln von Genossin Anna genügte, um ihn all seine Müdigkeit vergessen zu lassen.
Eine Gestalt in zerrissenem Mantel betrat das Geschäft. Es war Peter Lahn.
„Wenn Sie mich entschuldigen", sagte mein Großvater zu Genossin Liebkind und wandte sich mit dem Gesichtsausdruck eines Mannes, den man aus süßen Gedanken gerissen hat, dem neuen Kunden zu: „Ich habe etwas für Sie."
Die Augen von Peter Lahn glänzten.
Mein Großvater ging in den hinteren Raum und telefonierte mit Genosse Breitgang. Er wickelte einige Knochen und Fettreste in Papier ein und ging wieder nach vorne.

„Wollen Sie noch einen Moment bleiben, Genosse, hier ist es wärmer."

Peter Lahn schaute gierig auf das Paket, das mein Großvater in der Hand hielt. Er hatte Angst, aber ihm war bitterkalt. Mein Großvater schaute nervös auf die Straße. Dann hörte er Polizeisirenen. Im Nu hatten die Polizisten den Verräter verhaftet. Inzwischen stand auch Genosse Breitgang in der Metzgerei.

„Sind Sie der Leiter?", fragte Genossin Liebkind.

„Ja", antwortete er.

„Dieser Metzger" - und sie zeigte auf meinen Großvater - „hat dem Verräter bestes Rinderfleisch gegeben."

„Führt beide ab", befahl Genosse Breitgang.

Mein Großvater wurde zu fünf Jahren Lagerhaft verurteilt. Er baute Baracken für weitere Strafgefangene. Die harte Arbeit setzte ihm zu. Er trug einen langen, verfilzten Bart. Nur sein Glaube an die Partei hielt ihn aufrecht. Er dachte an Genossin Anna. Vielleicht hatte er einen Fehler begangen.

Fünf Jahre später schickte man ihn nach Sibirien. Es war wieder Winter und sehr kalt, als er schließlich, Jahre später, entlassen wurde. Er wollte nach Hause, bahnte sich einen Weg durch die Wälder und dachte an das Unglück, das ihm widerfahren war. Als er eines Tages auf Eisenbahngleise traf, machte er Luftsprünge vor Freude. Tagelang lief er die Gleise entlang und hätte beinahe den Verstand verloren, als er in der Ferne einen dunklen Punkt sah. Im Weitergehen erkannte er eine kleine Stadt an einem Fluss. Noch nie hatte er einen schöneren Ort gesehen! Soeben setzte sich ein Zug in Bewegung, wohl der erste seit Tagen. Als mein Großvater das Bahnhofsgebäude erreicht hatte, küsste er den kalten Stein.

Ein Bahnbeamter schaute meinem Großvater in die Augen: „Sie sind kein Russe, nicht wahr?"

„Nein."

Der Beamte sah sich um. „Gehen Sie zu dem Häuschen dort hinten. Meine Frau wird Ihnen einen Teller Hühnersuppe geben, aber dann müssen Sie verschwinden."

Mein Großvater schritt über den Bahnhofsvorplatz und klopfte an die angegebene Tür. Eine junge Frau öffnete ihm und hieß ihn willkommen. Im Flur hing ein Kalender: Heute musste der 2. Februar sein, der Tag, ab dem die Tage wieder rascher heller werden.

***

Der Anruf

Ein Terrorist ruft aus einer Telefonzelle im Auswärtigen Amt an: In dreißig Minuten geht am Werderschen Markt eine Bombe hoch.

„Hier ist das Auswärtige Amt der Bundesrepublik Deutschland. For Information in English please press nine. Für Sicherheitshinweise und Reisewarnungen drücken Sie bitte die Eins."

Der Terrorist ist nervös und versteht nur Warnung. Er drückt die Eins.

„Für welches Land wünschen Sie Reiseinformationen?"

Er will doch gar keine Reiseinformationen. Sicherheitshalber sagt er: „Deutschland".

„Für die Bundesrepublik Deutschland liegen uns keine Reiseinformationen vor. Bitte nennen Sie ein anderes Land."

Der Terrorist versteht nicht. Vorsichtshalber liest er das vorbereitete Kommuniqué: „Der Krieg gegen das afghanische Volk...."

„Sie hören jetzt eine Reisewarnung für Afghanistan. Aufgrund der derzeitig prekären Sicherheitslage am Hindukusch rät das Auswärtige Amt grundsätzlich von Privatreisen nach Afghanistan ab."

„Ihr Scheißkerle", knallt der Terrorist, der die automatische Stimme endlich durchschaut, den Hörer auf. Er zündet sich eine Zigarette an und versucht es erneut. Noch 25 Minuten.

„Hier ist das Auswärtige Amt der Bundesrepublik Deutschland. For Information in English please press nine. Für Sicherheitshinweise und Reisewarnungen drücken Sie bitte die Eins. Wenn Sie wegen eines Visums anrufen, drücken Sie bitte die Zwei. Wenn Sie in einer anderen Angelegenheit mit einem unserer Mitarbeiter sprechen wollen, drücken Sie bitte die Drei."

Der Terrorist drückt die Drei.

„Alle unsere Leitungen sind momentan belegt. Der erste freie Mitarbeiter wird Ihren Anruf entgegennehmen. Ihre voraussichtliche Wartezeit beträgt drei Minuten."

Der Terrorist würde am liebsten auflegen. Er zündet sich eine zweite Zigarette an. In seinem Ohr klingt klassische Musik. Er kann klassische Musik nicht ausstehen. Alle halbe Minute erklingt eine Unterbrechung: „All unsere Leitungen sind zur Zeit belegt. Bitte haben Sie einen Moment Geduld."

Nach fünf Minuten bricht die Musik ab.

„Wir weisen Sie darauf hin, dass einzelne Gespräche für eine bessere Qualitätskontrolle im öffentlichen Dienst aufgezeichnet werden. Wenn Sie uns zu Beginn des Gesprächs einen Hinweis geben, verzichten wir auf diese Maßnahme."

Der Terrorist hört ein Freizeichen. Eine genervte weibliche Stimme krächzt ins Telefon: „Auswärtiges Amt."

„Hier ist die Bewegung ..."

„Ich verbinde Sie mit dem Referat für Öffentlichkeitsarbeit," drückt sie den Anrufer weg.

Wieder erklingt lästige klassische Musik. Nach einer Weile folgt ein Freizeichen. Der Terrorist atmet auf.

„Müller-Hirdt," meldet sich eine junge Stimme.

„Hier ist die Bewegung...."

„Ich bin nur der Praktikant. Wenn Sie wollen, kann ich Sie mit Frau Ebert verbinden."

„Ein Praktikant", schnaubt der Terrorist. „Verbinden Sie mich mit Frau Ebert."

Wieder klassische Musik. Wieder ein Freizeichen. Wieder der Praktikant: „Frau Ebert ist zu Tisch. Wollen Sie es in einer halben Stunde noch mal probieren?"

Der Terrorist ist sprachlos.

„Sind Sie noch da?" ruft der Praktikant.

Der Terrorist legt auf. Er zündet sich die vierte Zigarette an. Noch 15 Minuten. Mit seiner vorletzten Euromünze versucht er es erneut.

„Hier ist das Auswärtige Amt der Bundesrepublik Deutschland. For Information…"

Der Terrorist drückt die Drei.

„Alle unsere Leitungen sind momentan belegt. Der erste freie Mitarbeiter wird Ihren Anruf entgegennehmen. Ihre voraussichtliche Wartezeit beträgt vier Minuten."

Wieder klassische Musik. Er hält sich den Hörer vom Ohr. Nach fünf Minuten hört er die Ansage: „Wir weisen Sie daraufhin, dass einzelne Gespräche..."

Jemand klopft an die Kabinentür. Vor Schreck lässt der Terrorist den Hörer fallen.

„Wie lange wollen Sie denn noch telefonieren", murrt ein Herr mit einem Krückstock.

Der Terrorist zieht seine Pistole. Mit einem Aufschrei humpelt der Mann davon.

Aus dem baumelnden Hörer krächzt die weibliche Stimme von vorhin zum dritten Mal: „Auswärtiges Amt."

Als der Terrorist den Hörer wieder aufgefischt hat, hat sie bereits aufgelegt.

„Ihr dreckigen Schweine", flucht er. Mit zitternder Hand kramt er in seiner Tasche nach einem letzten Euro.

Er überlegt. Wenn er die Zentrale anruft, gerät er wieder an dieses krächzende Ungeheuer. Wenn er aber eine beliebige Durchwahl wählt, hat er zumindest jemand anders an der Strippe. Er wählt eine Nummer.

„Müller-Hirdt."

Der Terrorist stöhnt.

„Ach, Sie sind es", sagt der Praktikant. „Frau Ebert ist schon zurück. Ich verbinde."

Wieder erklingt klassische Musik. Der Terrorist kann nicht mehr.

„Ebert," antwortet die Sekretärin schließlich.

„Hier ist die Bewegung...."

„Ach Du bist es. Gut, dass Du anrufst. Könntest Du für heute Abend noch einen Wein besorgen? Ich freu mich schon auf..... Was ist los, Schatz? Wieso weinst Du?"

***

Sofie

„Hallo, hier ist Dieter."

Eine mir fremde Frauenstimme antwortet: „Sie sind falsch verbunden."

Obwohl sie so kurz angebunden ist, hat die Stimme einen angenehmen Ton. Die Frau legt auf.

Ein paar Tage später suche ich auf dem Nachhauseweg einen Musiksender, als ich die Worte aufschnappe: „…und danke Ihnen für Ihr Vertrauen." Anhaltender Applaus. Der Radiomoderator erklärt: „Sie hörten die Regierungserklärung der neugewählten Bundeskanzlerin Sofie Müller vor dem Deutschen Bundestag." Fast fahre ich vor Schreck auf meinen Vordermann auf: Ich hatte die Handynummer der Müller gewählt!

In drei Monaten heirate ich meine Freundin Charlotte. Wir kennen uns seit der Schule. Charlotte ist nicht da, als ich unsere Wohnung betrete. Ich schalte den Fernseher ein. Sofie auf allen Kanälen. Jetzt nenne ich sie schon bei ihrem Vornamen. Sie sieht gut aus. Ich stelle mir vor, ich lade sie zu einem Abendessen ein. Soll ich ihr zu ihrer Wahl gratulieren? Jemand öffnet die Wohnungstür. Es ist Charlotte. Sie fragt, ob ich an das Klopapier gedacht und den Müll runtergebracht habe.

Nach drei Tagen, an denen ich nur an sie denken kann, wähle ich Sofies Nummer.
„Frau Müller?"
„Wer spricht da bitte?"

Diesmal bin ich es, der auflegt. Mein Herz pocht. Charlotte kommt herein. Als sie sieht, wie ich das Handy umklammere, will sie wissen, wer sie ist. Ich muss dringend auf Toilette. Als ich mir die Hände abtrockne, höre ich Charlotte ins Telefon schreien. Ich reiße ihr das Handy aus der Hand.

„Der hab ich's gegeben", ruft sie triumphierend.

Am nächsten Morgen lese ich in der Zeitung einen Bericht über die umstrittene Gesundheitsreform der Regierung. Die Kanzlerin habe bereits anonyme Drohanrufe erhalten. Ich versuche, Sofie zu erreichen: „Kein Anschluss unter dieser Nummer".

Am Abend erhalte ich einen Anruf. Es ist mein Therapeut. Wir vereinbaren einen Termin für die kommende Woche.

Charlotte scheint nicht zu wissen, wen sie da angebrüllt hat. Ich fühle mich schuldig an diesem Schlamassel. Ich schlage vor, am Samstag zum Tag der offenen Tür ins Bundeskanzleramt zu gehen. Der Andrang ist so groß, dass die Rose in meinem Rucksack zerdrückt wird. Trotzdem lege ich sie, als Charlotte gerade nicht hinschaut, auf Sofies Schreibtisch.

Am nächsten Morgen klingelt das Telefon. Charlotte will wissen, wer mich am Sonntagmorgen anruft. Als ich es ihr sage, glaubt sie mir nicht. Ein Therapeut ruft nicht an, sagt sie. Ich willige ein, dass sie mich begleitet. Er freut sich sehr, Charlotte kennenzulernen. Er beschwört mich immer wieder: „Charlotte ist eine wunderbare Freundin." Ich halte große Stücke auf meinen Therapeuten.

Eine Woche später heiraten Charlotte und ich. Es ist eine schöne Hochzeit. Mein Chef eröffnet mir mit erwartungsvoller Miene, er habe für mich eine Stelle als Filialleiter in Rio de Janeiro.

„Ich wusste nicht, dass wir ein Büro in Brasilien haben", sage ich.

„Die EU hat uns eine großzügige Förderung bewilligt", erwidert er und wischt sich den Schweiß von der Stirn.

„Charlotte wird begeistert sein."

Er lächelt befriedigt: „Dann steht einer glücklichen Ehe ja nichts mehr im Wege."

„Ist in Brasilien nicht die nächste Fußballweltmeisterschaft?" frage ich.

„2014" erwidert mein Chef, der ein alter Fußballhase ist.

„Hoffentlich schaffen wir es ins Finale, dann kriegen wir vielleicht Besuch aus Deutschland."

„Ich komme bestimmt", sagt der Chef, der sich vor Anspannung den Krawattenknoten lockert.

***

Der Nachrichtensprecher

„Stell bitte lauter", sagte Frau Spitz zu ihrem Gatten, als der Nachrichtensprecher noch immer nicht sprach.

Er überprüfte die Kabel, schaltete den Fernseher aus und wieder ein und stellte auf maximale Lautstärke.

„An dem Fernseher ist nichts. Der Typ ist einfach plemplem. Ich will was hören für mein Geld. Die Politiker sind schuld", schimpfte Herr Spitz.

„Schau mal nach, ob das bei den anderen Sendern auch so ist", warf seine Frau ein.

Sie sprangen aus ihren Sesseln auf. Herr Spitz stellte den Ton leiser.

„Schalte mal zurück zu den Abendnachrichten", sagte Frau Spitz, „vielleicht spricht er ja jetzt."

Der Sprecher sprach nicht.

„Und wieso sollen wir uns diese Stummscheiße ansehen?", erboste sich Herr Spitz.

„Ich bin sicher, er spricht gleich wieder."

„Und wenn die Kerle streiken? Eine Viertelstunde am Tag arbeiten und das große Geld kassieren."

„Ich glaube, die müssen sich auch vorbereiten. Das ist kein einfacher Job. Du könntest das bestimmt nicht."

„Und ob ich das könnte. In der Schule war ich gut im Vorlesen. Ich hab' jetzt die Schnauze voll. Ich schalte um."

„Ruf doch bei Bernd an, ob er das Problem auch hat."

Herr Spitz griff zum Telefon.
 „Er bewegt die Hand", sagte sie.
Herr Spitz legte den Hörer wieder auf.
 „Und was redet er?"
 „Nichts. Was sagt Bernd?"
 „Du hast mich unterbrochen. Ich konnte nicht mal die Nummer wählen."
 „Ruf schon an……Und?"
 „Besetzt."
 „Reg dich nicht auf, Schatz. Willst du ein Bier?"
 „Ich will jetzt umschalten."
 „Er bewegt die Lippen. Vielleicht ist er erkältet."
 „Jetzt schauen wir uns schon zehn Minuten diesen Mist an. Ich könnte diesem Heini eins in die Fresse geben."
 „Wenn du nur nicht so aufbrausend wärst, Schatzimausi. Willst du wirklich kein Bier?"
 „Kannst mir ja eins holen."
 „Ich könnte auch 'ne Tüte Chips aufmachen."
 „Gute Idee."
 „Er hat sich die Hand vor den Mund gehalten. Vielleicht ist er tatsächlich erkältet", berichtete Herr Spitz, als ihm seine Frau die Bierflasche reichte.
 „Er sieht so abgemagert aus. Bestimmt ist er todkrank."
 „Hast du die normalen Chips geholt? Die anderen schmecken nicht."

„Irgendwie ist mir dieser Nachrichtensprecher unheimlich. Wir könnten den Fernseher auch ausschalten."
„Kommt nicht in Frage. Gleich kommt *Wer wird Millionär*."
„Und was ist, wenn der Jauch auch schweigt?"
„Das passiert nicht. Das ist noch nie passiert."
„Der Nachrichtensprecher hat auch immer gesprochen. Heinz, ich habe Angst."
„Mach dir keine Sorgen, Verena."

***

Sieben Wecker

Herr Blöchinger wollte Sonntagfrüh Pilze sammeln gehen. Er hatte einen festen Schlaf und stellte sieben Wecker. Der erste Wecker klingelte um drei Uhr morgens. Zwei Stunden lang hielt das unbarmherzige Glockenläuten die Nachbarn wach. Blöchinger schnarchte weiter. Der zweite Wecker schlug dem Schlafenden einen kleinen Hammer auf den Kopf. Der dritte Wecker spielte Beat. Blöchingers Fuß wippte im Rhythmus. Der vierte Wecker spielte die Arie der Königin der Nacht. Das Fenster ging zu Bruch. Der fünfte Wecker brachte ihm Alpträume. Blöchinger drehte sich schweißgebadet im Bett. Beim Stromschlag des sechsten Weckers starb er an Herzversagen, ohne noch ein Mal zu Bewusstsein gelangt zu sein. Als der siebte Wecker klingelte, wachte seine Frau auf. Sie zog ihren Morgenmantel an und machte das Frühstück.

***

Die Lüge

Ein Mann belügt seine Frau. Die Lüge wirbelt in der Luft herum und setzt sich auf seine Wange. Sie juckt. Er will sie wegwischen. Sie klebt fest. Er kratzt sich. Sie juckt noch mehr. Er geht zum Waschbecken, um sie abzuwaschen. Seife und Wasser nutzen nichts. Seine Frau will wissen, was er auf der Wange hat. Er lügt wieder. Der Fleck wird größer, färbt sich rot, grün, blau, schwarz. Der Mann geht zum Arzt. Das Medikament wirkt nicht. Der Mann geht zum Heilpraktiker. Die Salben helfen nicht. Er geht zu einem Magier. Die Zaubersprüche verpuffen. Der Mann sagt seiner Frau die Wahrheit. Die geohrfeigte Wange schmerzt. Der Lügenfleck leuchtet giftgrün. Die Tochter kommt vom Tanzkurs nach Hause und lächelt den Vater an. Er schämt sich. Der Fleck ist weg.

**

Das offene Fenster

Vor der Nachtruhe lüftet er. Eiskalte Luft dringt ein. Der alte Mann kriecht unter die Bettdecke. Sie soll das Fenster zumachen, denkt er. Ihr ist zu kalt, um aufzustehen. Er zieht ihr die Decke weg. Sie zerrt an der Decke. Sie hustet. Er glaubt, sie simuliert. Beide frieren. Ein Einbrecher steigt ein. Im Wohnzimmer zieht er sich die Handschuhe aus.

***

*Tu mi fai girar tu mi fai
girar come fossi una bambola
Poi mi butti giù poi mi butti giù
come fossi una bambola.
Non ti accorgi quando piango,
quando sono triste e stanca
tu pensi solo per te.*
Patty Pravo

Die Marionette

Ein einsamer Mann baut aus Holzstäben, Stoff und Drähten eine weibliche Marionette. An einem Sonntagnachmittag führt er sie aus im Stadtpark. Die Leute schauen belustigt. Einer will ihm sogar eine Münze geben. Der Mann setzt sich mit der Marionette auf die Terrasse eines Cafés und bestellt zwei Cappuccino und zwei Stück Pflaumenkuchen mit Schlagsahne. Die anderen Gäste halten das für ein Spektakel. Der Mann isst den Kuchen mit Genuss. Ihr Kaffee wird kalt, und die Schlagsahne auf ihrem Kuchen zerfließt. Der Mann bittet den Kellner, die Sachen wieder wegzutragen. Meiner Frau hat der Kaffee nicht geschmeckt, und die Schlagsahne war ranzig. Der Kellner hält es für einen Scherz und kassiert.

Drei Tage später gehen sie ins Theater. Er verlangt zwei Parkettkarten. Die Theaterkassiererin sagt, im Parkett gibt es keine zusammenhängenden Plätze mehr. Sie können die Marionette ja an der Garderobe lassen. Der Mann wird wütend, will den Intendanten sprechen. Ein Herr, der sich über die Szene amüsiert, bietet dem Mann seine beiden Plätze zum Tausch an. Mir und meiner Frau macht es nichts aus, getrennt zu sitzen, sagt er. Der Mann bedankt sich. Während der Vorstellung flüstert er der Marionette zu, was auf der Bühne passiert, weil sie ihre Brille vergessen hat. Ein Zuschauer hinter ihm raunt, er solle endlich still sein.

Am Freitagnachmittag geht der Mann mit seiner Frau ins Schwimmbad. Er hat der Marionette einen Bikini angezogen. Darüber trägt sie einen Bademantel. Er fragt an der Kasse, ob seine Frau in die Männerumkleide mitkommen kann. In der Kabine lacht der Mann. Man hört ein Schmatzen wie von Küssen. Einige Badegäste beschweren sich beim Bademeister. Dieser klopft an die Kabinentür. Der Mann ist augenblicklich still und öffnet die Tür.

Fünf junge Männer duschen sich, als der Mann mit seiner Marionette den Duschraum betritt. Sie fangen an zu lachen und anzügliche Bemerkungen zu machen. Während einer den Mann in einer Ecke festhält, berühren die anderen die Marionette und ziehen ihr den Bikini aus, bis ihnen die Lust an ihrem Spiel vergeht und sie sich trollen. Weinend zieht der Mann seine Marionette wieder an und bleibt mit ihr in einer Ecke des Duschraums sitzen, bis der Bademeister kommt, das Schwimmbad schließe in einer halben Stunde.

Zwei Tage später fährt der Mann spät am Abend am Krankenhaus vor. Er ist ganz außer sich. Um den Bauch der Marionette hat er ein großes Kissen gezurrt. Sie trägt ein Umstandskleid. Sie kann gerade noch ein paar Schritte gehen. Der Mann schreit für sie. Ein

Assistenzarzt am Ende eines 24 Stunden-Dienstes legt sie auf ein Krankenbett und schiebt sie in den Kreißsaal. Er fragt den Mann, ob er bei der Geburt seines Kindes dabei sein möchte. Das halte ich nicht durch, erwidert er und wartet draußen auf einer Bank. Neben ihm sitzt ein anderer Mann. Wird es ein Junge oder ein Mädchen? fragt dieser. Ein Junge, sagt der Mann.

***

Das schwarze Loch

Schwarze Löcher sind Bewohner des Universums. Die Wissenschaft kann ihre Existenz nur indirekt beweisen. Sie haben etwas Unheimliches an sich, strahlen kein Licht aus und verschlucken alles, was sie umgibt. Ganze Sterne.

Paul Genterich leitet in P. ein Forschungsinstitut. Eines Abends kommt er gut gelaunt nach Hause. Sein Team hat nach jahrelangen Anstrengungen ein künstliches schwarzes Loch geschaffen. Die gesamte wissenschaftliche Welt wird aufhorchen. Herr Genterich stößt mit seiner Frau auf den langersehnten Erfolg an. Verena ist ein solches Loch trotzdem nicht geheuer. Wenn es möglicherweise Glühbirnen oder ihren Fernseher verspeist? Am Fernsehsofa riecht es schon. Zum Glück sind es nur Pauls Socken.

Mitten in der Nacht klingelt das Telefon. Pufferstein, ein Kollege, fordert Genterich auf, sofort ins Institut zu kommen. Genterich steigt ins Auto. Die Mondsichel sieht blass aus. Die Straßenlaternen sind ausgeschaltet. Die Sterne leuchten heller als sonst. Das Institutsgebäude liegt im Dunkeln. Als Genterich einparkt, versagt der Motor. Er steigt aus dem Wagen. Er hört ein Schmatzen. Genterich schließt die Haupttür auf. Das Schmatzen wird lauter. Der Lichtschalter funktioniert nicht. „Gerhard, wo bist du?" ruft Genterich. Keine Antwort. Er holt ein Feuerzeug aus der Tasche. Es scheint kaputt

zu sein. Er tastet sich an der Mauer entlang zum Labor. Er macht die Tür auf. Das Schmatzen kommt beängstigend nah. „Gerhard?" schreit Genterich.
„Still, es hört dich." Pufferstein umklammert seinen Chef.
„Es saugt alle Energie in sich auf," haucht er.
„Was?"
„Das schwarze Loch."
Genterich schaut zum Fenster: Draußen ist es dunkler als dunkel. Er setzt sich hin und zieht seine Schuhe aus, um freier überlegen zu können. Pufferstein lässt ein „Puh" vernehmen. Man hört ein Stöhnen. Genterich denkt nach. Der Gestank der feuchten Socken verbreitet sich im Raum. Pufferstein murmelt etwas von Fußhygiene. Wieder ist ein Stöhnen zu hören. Plötzlich fängt ein Rechner an zu summen. Genterich hebt die stinkenden Füße in Richtung des Glaskastens mit dem schwarzen Loch. Das Schmatzen hört augenblicklich auf. Pufferstein fällt in Ohnmacht. Genterich blickt aus dem Fenster: Die Stadionflutlichter brennen wieder.

***

Die Kaffeekanne

Tante Fridoline, die mich auf ihrem alten Sofa empfing, kocht einen besonderen Kaffee. Dazu gab es diesmal Frankfurter Kranz und Möhrenkuchen. Nach vier Tassen Kaffee, fünf Stück Kuchen und Tante Fridolines üblichen endlosen Fragen, wie es Jacqueline und den beiden Kindern gehe, wollte ich endlich mit der Arbeit beginnen und begab mich auf die Straße. Die Klimaerwärmung bescherte uns wieder einen milden Winter. Ich hatte nur eine dünne Jacke an. Die Nadel meines handgroßen Treibhausgas-Anzeigers schlug aus. Je weiter ich mich von Tante Fridolines Haus entfernte, desto schwächer wurden die Ausschläge meines Geräts. Ich nahm mir vor, meine Messungen am nächsten Tag fortzusetzen. Tante Fridoline hatte versprochen, neuen Kaffee aufzusetzen.

Den Treibhausgas-Anzeiger legte ich auf den Küchentisch, während ich den Duft von Tante Fridolines Kaffee genoss. Sie setzte das Tablett mit den verbliebenen Kuchenstücken ab und deutete auf das Handgerät. Um ihr dessen Funktionsweise zu erklären, schaltete ich es wieder ein. Die Nadel zeigte maximale Werte. Bevor ich mich der Frage widmen konnte, was das zu bedeuten habe, stellte Tante Fridoline eine große Kanne dampfenden Kaffees auf den Küchentisch. Der Zeiger schlug aus wie wild.

Ich fuhr umgehend nach Zürich zurück und nahm die noch volle Kanne mit. Nach Tagen hektischer Besprechungen und überfüllter Pressekonferenzen an der ETH zu einer möglicherweise neuen Ursache für die Klimaerwärmung rief ich Tante Fridoline an. Sie erzählte mir, sie habe sich eine neue Kaffeekanne gekauft, und so früh hätten die Forsythien noch nie geblüht.

***

Der Whiskylaster

Ein Whiskylaster fährt gegen einen Baum. Der Tank hat ein großes Loch. Ein Hund schleckt eine Pfütze aus, torkelt auf die Straße und wird überfahren. Ein Radfahrer fährt durch eine Whiskylache. Der Alkohol spritzt ihm ins Gesicht. Er nimmt die Brille ab und fährt gegen den nächsten Baum. Dem Krankenwagen, der ihn abholt, klatscht der Whisky gegen die Windschutzscheibe. Der Krankenwagenfahrer zündet sich gerade eine Zigarette an. Das brennende Streichholz, das er aus dem Fenster wirft, berührt die Windschutzscheibe, und der Krankenwagen geht in Flammen auf. Auf den Baum, gegen den der Whiskylaster gefahren ist, lässt sich eine Starenschar nieder. Die Vögel fallen, benebelt vom Alkohol, in den offenen Tanklaster und ertrinken. Anwohner versuchen den Fahrer zu retten. Er hat zu viele Whiskydämpfe eingeatmet. Männer und einige Frauen stürzen sich mit Plastikflaschen auf den restlichen Whisky. Es kommt zu einer Prügelei. Die Feuerwehr löscht den brennenden Krankenwagen, sichert den Tanklaster und birgt die Leichen. Der Baum verliert mitten im Sommer seine Blätter.

***

Die Amsel

Es ist kalt geworden draußen. Ingeborg macht sich Sorgen, die Amseln könnten erfrieren. Sie stellt ihnen eine kleine Rosinenschale auf die Balkonreling. Nach einigen Tagen traut sich die erste Amsel zu uns. Ich soll mich ja nicht bewegen, um sie nicht zu stören, sagt Ingeborg. Die Amsel pickt sich eine Rosine, dreht uns den Rücken zu, scheißt und fliegt davon. Eines Tages ist Ingeborg nicht da. Wieder erscheint die Amsel, pickt eine Rosine, scheißt und fliegt davon. Ich ärgere mich, hole ein Tuch aus der Küche und wische die gelb leuchtende Scheiße von der Edelholzreling. Ganz schön fest diese Verdauungsreste, denke ich und bringe das Aufwischtuch gleich zur Mülltonne. Die Amsel kommt wieder angeflogen und pickt sich eine Rosine. Wieder hebt sie ihren Schwanz. Ich sprinte hinaus und vertreibe sie. Zu spät. Als ich das Exkrement abwischen will, fühlt es sich klumpig an. Merkwürdig. Ich stelle fest, die Scheiße ist hart wie Metall. Ich kann es nicht fassen: Gold! Ich wickele den kostbaren Schiss in ein Samttuch und verstecke ihn unter der Matratze. Dann fällt mir das Goldstück ein, das ich in die Mülltonne geworfen habe. Es dauert, bis ich es herausgefischt habe. In der Wohnung warte ich, bis die Amsel zurückkommt. Nach zwei Stunden hopst sie auf die Reling, pickt sich eine Rosine und fliegt davon, ohne geschissen zu haben. Sie landet auf dem Nachbarbalkon, der auch Vogelfutter ausgestreut hat. Kaum angekommen, scheißt sie auf dessen Reling. Bis die Sonne untergeht, hat sie drei weitere Male dort ihren Schwanz gehoben und kein einziges Mal bei uns. Wenn ich nebenan klingele, kann ich mich unter einem Vorwand auf den Balkon des Nachbarn begeben. Mein Nachbar hält mich über eine Stunde fest. Er ist erstaunt, als ich auf seinem Balkon eine Zigarette rauchen möchte. Ich gelte als militanter Ex-Raucher. Während ich ungeschickt die Zigarette halte, versuche ich, mit der anderen Hand unbemerkt die kleinen Goldstücke einzusammeln. Mit einem Triumphgefühl kehre ich in meine Wohnung zurück. Endlich ist auch Ingeborg nach Hause gekommen. Ich erzähle ihr von unserem unglaublichen Glück. Sie malt sich aus, was sie sich mit dem Gold alles kaufen wird. Ich bin dafür, das Gold in Aktien anzulegen. Wir geraten in lauten Streit. Ingeborg hat die Balkontür offen gelassen. Wenig später klingelt unser Nachbar an der Tür. Mir bleibt nichts anderes übrig, als ihm zwei der vier Goldschisse zurückzugeben.

In den darauffolgenden Tagen vertreiben wir die Amsel vom Balkon des anderen, bis sie zu keinem mehr kommt.

***

Das ängstliche Haus

Das Haus steht an einer großen Straße. Jedes Mal, wenn ein Lastwagen vorbeidonnert, wackeln die Türen und klappern die Schränke. Die Autoabgase lassen das Haus husten: Die Fenster fallen auf und zu. Wenn die Nachbarjungen den Fußball gegen die Hauswand treten, schäumt das Haus vor Wut, und aus dem Kamin quillt schwarzer Rauch. Wenn ein Hund gegen die Hauswand pinkelt, schämen sich die Ziegelsteine lila. Das Haus klagt, wieso es nicht in einer ruhigen, schönen Straße stehen kann. Zu Sylvester zittert das Haus bis in den Keller. Beim Frühstück spricht der Architekt mit dem Haus, das er selbst bewohnt. Darüber freut es sich so, dass es einen Dachziegel herabfallen lässt. Als er stirbt, fürchtet sich das Haus vor den neuen Eigentümern. Der Neffe kommt mit seiner Frau zur Besichtigung. Er verkauft das Haus weiter, weil er Geld braucht. Das Haus wechselt mehrfach den Eigentümer. Schließlich zieht eine Familie ein. Das Haus bleibt misstrauisch. Eines Tages fährt ein riesiger Lastwagen vorbei; das Haus klappert mit Türen und Schränken. Der jüngste Sohn fragt: „War das ein Erdbeben?" Bei diesem Wort gerät das Haus in Panik. Es reißt an seinen Fundamenten, und die Familie kann sich gerade noch ins Freie retten.

***

Der Schlüsselmann

Der Konzernchef ist morgens der Erste, der am Haupteingang klingelt. Ich nehme den Schlüsselbund in die Hand, lasse den Chef herein und schließe wieder ab. Im Aufzug stecke ich den Schlüssel in den Knopf für den fünften Stock. Ich öffne dem Chef die Glastür zum Leitungsbereich und schließe sie ab. Zurück in der Pförtnerloge, nehme ich die Eingangstür ins Visier. Frau Hirsch, die Sekretärin des Personalleiters, parkt ihr Auto auf der gegenüberliegenden Straßenseite. Ich schließe auf. Sie begrüßt mich knapp. Ich fahre sie in den zweiten Stock. Unten an der Eingangstür warten bereits drei Angestellte. Nacheinander begleite ich sie in ihre Büros. Den ganzen Tag bin ich unterwegs, bringe Manager, Angestellte, Sekretärinnen zu ihren Arbeitsplätzen, schließe ihnen Besprechungsräume oder die Toilette auf. Nur zur Mittagszeit öffne ich nacheinander alle Türen. In der Kantine unterhalten sich die Mitarbeiter über das schlechte Wetter, die unzuverlässigen öffentlichen Verkehrsmittel, die Staus auf der Stadtautobahn. Die Mitarbeiter haben Respekt vor mir. Wenn sie mich in der Pförtnerloge anrufen, weil sie früher nach Hause wollen, lasse ich sie warten. Am Abend verlässt der Chef die Zentrale als Letzter. Ich verriegele den Haupteingang und überprüfe alle Bürotüren. Danach gehe ich in meine Wohnung hinter der Pförtnerloge.

Um vier klingelt der Wecker. Ich mache ihn aus. Ich wache auf, als der Chef gegen die Eingangstür donnert. Ich eile nach vorne und habe den Schlüsselbund vergessen. Der Chef gestikuliert wütend. Ich renne in die Pförtnerloge, um den Schlüsselbund zu holen. Der Chef schnauzt mich an, warum ich mich nicht rasiert habe und hier im Morgenmantel stehe. Als ich die Glastür zum Leitungsbereich wieder abgeschlossen habe und aus dem fünften Stock zurückkomme, steht Frau Hirsch am Aufzug. Sie schaut auf den Morgenmantel und sagt, „Sie haben vergessen, die Eingangstür abzuschließen." Ich schließe die Eingangstür ab und bringe Frau Hirsch nach oben. Unten warten bereits etliche Mitarbeiter vor der Tür. Sie haben ihre Ankunftszeit nicht eingehalten, oder ich bin heute langsamer als sonst. Am Abend klopft der Chef mir auf die Schulter, ich solle am Wochenende mal ins Grüne fahren. Im Bett kann ich nicht einschlafen.

Um vier klingelt der Wecker. Ich stehe auf, schlafe unter der Dusche fast ein, rasiere mich, trinke einen Kaffee. In der Pförtnerloge warte ich auf den Chef. Als ich ihm aufschließen will, habe ich den Schlüsselbund wieder vergessen. Er hängt auch nicht an seinem Haken. Ich öffne dem Chef mit einem Ersatzschlüssel, aber ohne den Aufzugs- und die Büroschlüssel kann ich ihn nicht nach oben begleiten. Er schreit mich an. Ich suche überall nach dem Schlüsselbund. Inzwischen hat der Chef Frau Hirsch hereingelassen. Sie unterhalten sich, ohne mich zu beachten. Die Empfangshalle füllt sich mit Mitarbeitern, die nicht in ihre Büros können. Einige lachen und blicken in meine Richtung. Frau

Hirsch findet den Schlüsselbund schließlich unter meinem Kopfkissen.

Am Nachmittag werde ich zum Personalleiter gerufen. Dreißig Jahre habe man sich auf mich verlassen. In der Nacht schlafe ich nicht. Ich strecke die Füße, um das Bettende zu berühren.

Um vier klingelt der Wecker. Ich dusche und rasiere mich. Um fünf sitze ich in der Pförtnerloge. Der Chef klingelt an der Tür. Ich trinke meinen Kaffee.

***

Das Auto

Es war Montag. Hans-Jürgen rief in der Firma an und hielt sich die Nase zu, damit seine Stimme erkältet klang. Im Fernsehen lief nur Schrott. Die Lokalzeitung strotzte vor Langeweile. In der Eckkneipe war um diese Uhrzeit nichts los. Trotzdem war er froh, sich nicht durch den Berufsverkehr im Stadtzentrum quälen zu müssen. Er ging zum Parkplatz, wo sein Auto stand. Wieder in der Wohnung machte er Skizzen. Am nächsten Morgen löste er sein Sparkonto auf, kaufte Metallplatten, einen Schweißbrenner, Dichtungsmaterial, Kabel und Sauerstoffflaschen und füllte an der Tankstelle drei große Kanister mit Benzin. Die Discounter-Lebensmittel reichten für eine Woche. Er schloss den Schweißbrenner an die Gas- und an die Sauerstoffflasche an. Zwei zwölfjährige Jungen fuhren mit ihren Rädern neugierig auf dem Parkplatz herum. Er scheuchte sie weg. Am Abend war das Auto startbereit. Hans-Jürgen kletterte auf die Motorhaube und ließ sich durch die Dachluke auf den Fahrersitz fallen. Die beiden Jungen kamen fingerzeigend und kichernd auf das Auto zugeradelt. Er streckte seinen Kopf aus der Dachluke, und sie zogen sich zurück. Um das Auto bildete sich eine Menschenmenge. Er ignorierte sie. Ein junger Reporter von der Lokalzeitung wollte ihn interviewen, doch Hans-Jürgen antwortete nicht auf seine Fragen. Er legte sich schlafen. Als um vier der Wecker klingelte, war es noch dunkel. Er verspürte Harndrang. Den Urinbeutel verstaute er in der Müllkiste hinter dem Beifahrersitz.

Vorsichtig manövrierte er den Wagen auf die Straße. Er passte knapp zwischen den parkenden Autos hindurch. Die Straßen waren leer. Bald darauf passierte er die Stadtgrenze. Es dämmerte. Nur einem hupenden Lastwagen musste er ausweichen. Wenig später erreichte er den ehemaligen Militärflughafen. Er setzte den Motorradhelm auf. Die Piste war holprig, aber das Auto gewann an Fahrt. Die angeschweißten Flügel vibrierten. Ein Fuchs lief über die Rollbahn. Kurz bevor das Tier unter die Räder gekommen wäre, hob das Auto ab. Es streifte die Baumwipfel am Rande des Flughafens. Nach kurzer Zeit betrug die Flughöhe fünfhundert Meter: Von hier oben ähnelte die Autobahn einem Ameisenpfad. Hans-Jürgen lachte. Er stellte das Radio an und klopfte den Takt eines bekannten Schlagers auf das Lenkrad. Das Flugwetter war gut. Er frühstückte.

***

Der Friedhof

Der alljährliche Friedhofsbesuch am 20. Mai, dem Todestag seiner Mutter, der dieses Jahr auf einen Sonntag fiel, war ihm eine lästige Pflicht. Es war schon Abend, und er hatte nicht mehr viel Zeit. Sein Auto stand allein auf dem Parkplatz. In der Hand hielt er einen Blumenstrauß. Hannelore, seine Frau, hatte ihn besorgt.

Als er das Grab seiner Mutter gefunden hatte, musste er ein paar Schritte zum Brunnen zurücklaufen, denn er hatte vergessen, die Friedhofsvase mitzunehmen. Er stellte den Blumenstrauß hinein, steckte die Hände unsicher ineinander, als ob er beten wolle, und starrte auf den Grabstein. Ihm fielen Geschichten ein, die seine Mutter nie interessiert hatten. Nach einigen Minuten murmelte er: „Tschüss."

Er schaute auf die Uhr. Es war halbacht. In zwei Stunden ging sein Flieger. Ihm stand eine anstrengende Woche bevor. Er zündete eine Zigarette an und wanderte eine Weile an den stummen Zeugnissen ihm unbekannter Menschen vorbei. Vögel zwitscherten auf alten Bäumen und in Hecken, eine Amsel hüpfte vor ihm auf dem Weg, ein Rascheln fuhr durch die frischen Buchenblätter. Er war den Lärmpegel einer Großstadt gewöhnt.

Ein erneuter Blick auf die Uhr, die ihm seine Mutter geschenkt hatte, drängte ihn zur Eile. Er ging einen schmalen Weg entlang, in der Überzeugung, er müsse jeden Augenblick sein rotes Auto erblicken. Bestimmt befand sich der Ausgang weiter links. Er drehte um und bog wieder nach rechts ab. Der Pfad machte eine Linkskurve.

Wieder schaute er auf die Uhr. Er würde jetzt direkt zum Flughafen fahren müssen. Er kam an Gräbern vorbei, die er bereits passiert hatte. Niemand hörte seine Hilferufe. Das Handy hatte er im Auto liegen lassen.

Es war dunkel geworden. Das Flugzeug war abgeflogen. Seine Eile und sein Ärger hatten ihn nicht auf den Gedanken kommen lassen, geradeaus bis zur Friedhofsmauer zu laufen und an ihr zum Ausgang entlangzugehen. Er orientierte sich jetzt mit Hilfe des Feuerzeugs und ging stolpernd, aber zuversichtlich immer in eine Richtung, bis er tatsächlich auf eine Mauer stieß. Sie war zu hoch, als dass er sie hätte überwinden können. Er überlegte, in welcher Richtung der Ausgang wohl näher lag, und bewegte sich Schritt für Schritt an der Mauer entlang. Er fiel über eine Baumwurzel. Er musste kniend den Boden absuchen, bis er das Feuerzeug wiederfand. Sein rechter Fuß schmerzte. Schließlich hatte er das hohe Eisentor erreicht. Es war abgeschlossen. Vom Parkplatz hörte er ein Auto. Er schrie. Das Motorengeräusch verlor sich in der Nacht. Vergeblich rüttelte er an dem Schloss. Er konnte sich die Schadenfreude seiner Kollegen ausmalen, wenn sie morgen den Grund für sein verspätetes Erscheinen erführen. Hannelore dachte bestimmt, er sei eher abgeflogen, weil im Büro noch etwas Dringendes zu erledigen gewesen sei.

Die Wolken verzogen sich, und der Himmel klarte auf. Das letzte, flackernde Licht des Feuerzeugs in der mondlosen Nacht ausnutzend, fand er eine Friedhofsbank. Eine Eule schrie in seiner Nähe. Wenn er freitags spät nach Hause kam, sah Hannelore Gruselfilme. Er wollte sich nicht dazusetzen, weil er Angst hatte, danach nicht einschlafen zu können, aber manchmal streichelte Hannelore seine Hand, wie es auch seine Mutter getan hatte, und sie sahen sich den Film zuende an. Es wehte ein leichter Wind. Die Schatten der wiegenden Bäume hatten etwas Beruhigendes, Urtümliches. Wäre er der Friedhofswärter, würde er jeden Abend, bevor der Friedhof geschlossen wurde, einen Rundgang machen. Bei diesem Gedanken an ein neues, ruhigeres Leben schlief er ein.

Ein dünner Sonnenstrahl weckte ihn. Er hustete. Das Eisentor war noch verschlossen. Er humpelte zum Grab seiner Mutter und erinnerte sich daran, wie sie ihn vom Kindergarten abholte und er auf sie zurannte, um sein Gesicht in ihrem molligen Pelzmantel zu verstecken.

**

Ehemann gesucht

Ich las die Schlagzeile im *Berliner Express* meines Sitznachbarn in der S-Bahn: Die berühmte amerikanische Schauspielerin Marie Dexter suchte wieder einen neuen Ehemann. Ich schrieb einen Brief und legte ein älteres Foto von mir bei. Nach drei Wochen erhielt ich ein Antwortschreiben von Maries Assistentin Kate. Beigefügt war ein Flugticket nach Los Angeles. Ich kaufte mir zwei neue T-Shirts, borgte mir eine tadellose Jeans und klaute im Supermarkt eine Riesentüte Gummibärchen, weil Marie Gummibärchen bestimmt nicht kannte. Am Flughafen holte mich Kate ab, ihre Assistentin.

Ich war einer von 500 Bewerbern. Ich rechnete mir keine Chancen aus, doch Marie wollte mich kennenlernen. Wir tranken einen Kaffee in der Hotelbar. Die Gummibärchen fand sie witzig.

Marie wollte keine Hochzeitsfeier. Kate machte mir klar, meine Braut sei der Boss. Nach der Trauung musste Marie zu einem Filmdreh.

Am nächsten Morgen weckte mich ein Fitnesstrainer. Ich wollte mir eine Zigarette anstecken. Er meinte, Marie könne Zigaretten nicht ausstehen. Ich lernte noch den Yogalehrer, den Gehirncoach und den Modekonsulenten kennen. Der Ernährungsberater klärte mich auf, Bier mache dick und dumm. In einer Woche verlor ich fünf Kilo. Ich war unglücklich. Nach einem Monat hatte ich die Figur von Brad Pitt. Ich fragte mich, ob er je einen Selbstmörder gespielt habe.

Auf den Partys, zu denen Marie mich mitnahm, fühlte ich mich wie eine abgelegte Stoffpuppe. Vor dem Scheidungsrichter erklärte sie, sie habe ausprobieren wollen, wie weit sie mich manipulieren und demütigen könne. Ich flog zurück nach Berlin.

Ich trat in Talkshows auf. Eine bekannte Fitnessstudiokette plakatierte mit zwei Fotos von mir, vor und nach der „Behandlung". Als ich wieder zunahm, kehrte Kate in die Staaten zurück.

***

Herr Domwein

Schon lange bevor er in Rente ging, pflegte Herr Domwein in jeder freien Minute den Apfel- und den Birnenbaum, das kleine Gemüsebeet und das Häuschen. Domweins Paradies lag auf einer Strecke, auf der vor dem Krieg und der Teilung der Stadt die Ringbahn gefahren war. Die S-Bahn Berlin GmbH beabsichtigte, diesen Streckenverlauf wieder herzustellen. Sie war auch Eigentümerin des Grundstücks. Die Rechtslage war eindeutig. Die Bahn ließ sich jedoch Zeit, um die Ringbahn wieder in Betrieb zu nehmen. Herr Domwein erhielt einen Vertrag, den die GmbH binnen dreier Monate kündigen konnte.

Hier im Schrebergarten war er zu Hause, hier fühlte er sich wohl. Jedes Mal, wenn er im Herbst die Äpfel und Birnen erntete, sie für den Winter einlagerte oder einen schönen Birnenkuchen buk, überfiel ihn die Melancholie, dies könne das letzte Mal sein. Abends setzte er sich vor sein Häuschen, trank ein Bier und dachte nach.

Nach einigen Jahren bot die S-Bahn Berlin GmbH Domwein einen neuen Schrebergarten am anderen Ende der Stadt an. Er machte sich nicht die Mühe, das neue Grundstück zu besichtigen. Er wandte sich an einen Rechtsanwalt, der ihm allerdings wenig Hoffnung machte. Domwein nahm einen Kredit auf, und der Rechtsanwalt focht den Prozess durch alle Instanzen.

Links und rechts vom Schrebergarten legten Bauarbeiter Schienen, bauten neue S-Bahnhöfe. Die S-Bahn versprach Domwein inzwischen ein großes Grundstück in unmittelbarer Nähe seines alten Schrebergartens. Domwein ließ sich nicht beirren. Die S-Bahngleise hatten sich von beiden Seiten bis auf zehn Meter an den Schrebergarten herangeschoben. Es war Anfang September, und die Obsternte konnte sich sehen lassen.

Die S-Bahn Berlin GmbH wollte nicht länger warten: Mit einem Fest weihte sie die Ringbahn ein. Die Wiederinbetriebnahme der Ringbahn sei ein großer Schritt zur Überwindung der Berliner Teilung, verkündete sie. Keiner bemerkte den Grund für die kleine Unterbrechung in der Streckenführung. Wenn die S-Bahn an der betreffenden Stelle nicht weiterkam, erklärte der Zugführer, es gebe leider eine Betriebsstörung. Die Fahrgäste stiegen aus, wurden in einem großen Bogen um Domweins Schrebergarten herumgeleitet und setzten zweihundert Meter weiter ihre Fahrt mit einer anderen S-Bahn fort.

Eines Tages kam eine Spaziergängerin an Domweins Schrebergarten vorbei und schaute sich die Baustelle mit lauter Zäunen, unvollendeten Bahndämmen und schmutzigen Pfützen an. Herr Domwein, der selten Besuch erhielt, bot ihr eine Tasse Kaffee an. Als Frau Grünwinkel das kleine Gartentor passierte, fühlte sie sich wie verwandelt. Ein Leuchten ging von diesem Garten aus. Es hingen noch ein paar kleine, schrumpelige Äpfel an dem Apfelbaum, die sicherlich gut schmeckten. Aus dem Blumenkohl und dem anderen Gemüse konnte man eine herrliche Suppe kochen. Und an dem Häuschen trotzten einige orangefarbene

Kletterrosen der herannahenden Kälte. Frau Grünwinkel hatte noch nie einen so schönen Ort gesehen. Herr Domwein brachte den Kaffee, und er hatte auch noch ein Stück Birnenkuchen.

***

S-Bahnhof Bellevue

Yusaku Kumiyami war mit seiner aus Tokyo kommenden Reisegesellschaft bereits auf die Kuppel des Reichstags gestiegen, auf dem Fernsehturm gewesen, hatte sich die Hackeschen Höfe angesehen, ohne dass er nun von diesen Sehenswürdigkeiten besonders beeindruckt gewesen wäre. Ein Landsmann, der schon zum zweiten Mal in Berlin war, hatte ihm als Geheimtipp einen Schiffsausflug auf dem Wannsee empfohlen. So hatte sich Herr Kumiyami in den Kopf gesetzt, am letzten Tag in Berlin etwas auf eigene Faust zu unternehmen und mit einer Bootsfahrt auf dem Wannsee doch noch eine schöne Erinnerung aus der deutschen Hauptstadt mit nach Hause zu bringen, bevor er mit den anderen am Abend nach Rom weiterflog. An einem herrlichen Samstagmorgen im Mai schlich er sich aus dem Hotel und machte sich auf den Weg zum S-Bahnhof Bellevue. Sein Landsmann hatte Herrn Kumiyami, der weder Deutsch noch Englisch sprach, den Weg vom Hotel zum S-Bahnhof fünf Mal erklärt und ihm eingeschärft, er müsse die S7 nach Potsdam nehmen und dann ohne Umsteigen in Wannsee aussteigen. Von dort sei es ein Katzensprung zur Schiffsanlegestelle. Am Hotelempfang hatte man ihm bereits eine Bootskarte besorgt.

Am S-Bahnhof konnte Herr Kumiyami das Hinweisschild der S-Bahngesellschaft, dass die Strecke zwischen Alexanderplatz und Zoologischer Garten wegen Erneuerung der Signaltechnik für zwei Monate gesperrt sei, nicht verstehen, und auch das gelbe Schild „Betreten der Baustelle verboten" sagte ihm nichts. Ein schon älterer Bauarbeiter öffnete gerade die Absperrung zum Bahnhof. Der Japaner lächelte ihn freundlich an. Der Bauarbeiter dachte, der Mann sei ein Bahningenieur, der Überstunden mache, und ließ ihn passieren. Herr Kumiyami war zufrieden, dass alles so reibungslos zu klappen schien. Nur dass die Rolltreppe, die nach oben zum Gleis führte, außer Betrieb war, störte ihn etwas.

Er war allein auf dem Bahnsteig. Der Bauarbeiter war irgendwohin entschwunden. Herr Kumiyami stellte sich an den Bahnsteigrand und wartete auf seine S-Bahn. Was für ein Glück, dachte er, dass hier nicht so ein Gedränge herrschte wie auf den Bahnhöfen zuhause.

Nach zehn Minuten schaute Herr Kumiyami auf die Uhr. Es war viertel nach neun. Durch die Seitenfenster des Bahnhofs drang eine angenehme Morgensonne, und er dachte mit Vorfreude an seinen Schiffsausflug. Herr Kumiyami war mit niemandem verabredet, und sein Landsmann hatte ihm gesagt, die Schiffe führen zu jeder Tageszeit über den Wannsee. Er schaute also eher gelassen auf seine Uhr, als ob es ihn nur beiläufig interessiere, wie spät es sei.

Nach einer halben Stunde schaute der Japaner wieder auf die Uhr. Er warf einen Blick in die Richtung, aus der seiner Ansicht nach der Zug kommen musste. Er hatte Zeit. Er genoss die Stille des Bahnhofs, setzte sich auf eine Bank, zog eine japanische Zeitung aus seiner Umhängetasche und vertiefte sich in die Lektüre der Baseballergebnisse der letzten Woche.

Eine Stunde verging, und noch immer kam keine S-Bahn. Auf den Gleisen außerhalb des S-Bahnhofs verkehrten die roten Regionalzüge, und gelegentlich rauschte ein Fernzug vorbei. Herr Kumiyami überlegte sich, ob es noch eine andere Möglichkeit gäbe, bis nach Wannsee zu kommen, aber er wollte sich auf keinen Fall in einer fremden Stadt verlaufen. Hier am S-Bahnhof war er sicher.

Er hatte seine Zeitung ausgelesen, und noch immer war keine S-Bahn gekommen. Nach einer weiteren Stunde vergeblichen Wartens schaute der Japaner verärgert um sich. Zwei Polizisten kamen auf ihn zu. Sie erklärten ihm, hier werde für eine ganze Weile keine S-Bahn halten. Aus den Gesten der beiden schloss er, es habe einen Personenunfall gegeben und der Zugverkehr sei für einige Zeit unterbrochen. Herr Kumiyami bedankte sich für diese Information und zum Zeichen, dass er verstanden habe, beugte er seinen Körper in Richtung der Gleise und machte einen heranfahrenden Zug nach, der ihn überführe. Die Polizisten begriffen, er wolle sich unter einen Zug werfen. Sie lachten, denn hier würde so bald kein Zug verkehren. Sie mussten sich also über das Gelingen seiner Selbstmordabsichten keine Sorgen machen. Weil es aber Vorschrift war, riefen sie einen Arzt.

Weil er noch einen anderen Notfall gehabt hatte, traf der Doktor erst nach zwei Stunden ein. Er konnte immerhin „Sayonara" auf Japanisch sagen. Sein Gesprächspartner war erfreut, ein Wort in seiner Sprache zu hören. Er sagte dem Arzt, er sei verärgert über die

Unpünktlichkeit des Berliner Verkehrsunternehmens. Selbst ein Personenunfall könne eine solche Verspätung nicht rechtfertigen. Der Doktor verstand kein Wort, aber der jetzt lebhafte Japaner machte nicht den Eindruck eines Selbstmordkandidaten. Er erklärte den Polizisten, der Mann werde niemandem, auch nicht sich selber, etwas antun. Danach war Herr Kumiyami wieder allein auf dem Bahnsteig.

Er hatte Hunger. Dummerweise hatte er sich keinen Proviant mitgenommen, denn sein Landsmann hatte ihm gesagt, auf dem Schiff könne er reichlich Essen bestellen, indem er auf das Gericht der Passagiere am Nachbartisch zeige. Hier am Bahnsteig gab es nur einen Getränkeautomaten. Zum Glück hatte er genügend Kleingeld dabei. Vielleicht befand sich in dem unteren Bereich des S-Bahnhofs noch ein weiterer Automat mit Snacks, aber er hatte Angst, wenn er jetzt die Rolltreppe hinabsteige, käme bestimmt sein Zug, und er müsse wieder stundenlang auf die nächste Bahn warten.

Der Nachmittag ging vorüber, und die Sonne senkte sich langsam. Herr Kumiyami wollte doch zu seinem Hotel zurückkehren. Er bewegte sich bereits in Richtung Rolltreppe, als sein Gesicht einen Ausdruck fester Entschlossenheit annahm: Nicht umsonst waren seine Volksgenossen Meister der Geduld.

Herr Kumiyami hatte einen leichten Schlaf. Ein einfahrender Zug hätte ihn auf jeden Fall geweckt. Er legte sich auf die Holzbank und deckte sich mit der Zeitung zu. Die Tasche legte er unter den Kopf und wickelte den Schulterriemen um seinen Oberarm.

Am nächsten Morgen tat ihm der Rücken weh, und die Nacht war auch etwas kalt gewesen. Zum Frühstück trank er eine Cola aus dem Automaten. Der Sonntag verging, ohne dass etwas passierte. Am Montag kamen die Gleisarbeiter. Sie teilten ihre Frühstücksstulle mit ihm, schenkten ihm Kaffee ein und gaben ihm einen gelben Schutzhelm, weil sie ihn für einen neuen, des Deutschen noch unkundigen Kollegen hielten. Er bedankte sich, aber er bedeutete, er habe Urlaub. Die Arbeiter zogen weiter.

Er las zum vierten Mal die Berichte über die Baseballspiele vom vorletzten Mittwoch. Herr Kumiyami ging an das Ende des Bahnsteigs und schaute in den Himmel: es trübte sich ein. Er drehte sich um, schaute noch einmal auf den Bahnsteig und ging zur Rolltreppe. Auf der Straße angelangt, holte er vorsichtshalber den Regenschirm aus der Tasche.

***

Inhalt

An der Jones Beach	7
Der vergessliche Mann	11
Keine Ahnung	15
Das Manuskript	17
Aufs offene Meer	21
Der Bäckergeselle	22
Die Tür	25
feelwell	29
Die Wiesenforelle	32
Die Gräte	33
Der Mund	35
Frau Hennig	37
Die Frau vor dem Geldautomaten	38
Im Bett	39
In der Küche	40
Eine Italienerin in Köpenick	43
Meine Mokkamaschine	50
Tomatenholz	53
Der tote Kanzler	55
Die Wohnung	60
Der Sumpfkönig	64
Mein Großvater	70
Der Anruf	75
Sofie	79

Der Nachrichtensprecher	82
Sieben Wecker	85
Die Lüge	86
Das offene Fenster	87
Die Marionette	88
Das schwarze Loch	91
Die Kaffeekanne	93
Der Whiskylaster	95
Die Amsel	96
Das ängstliche Haus	98
Der Schlüsselmann	99
Das Auto	102
Der Friedhof	104
Ehemann gesucht	107
Herr Domwein	109
S-Bahnhof Bellevue	112

Georg Gehlhoff, geboren 1963 im Schwarzwald, Besuch der Deutschen Schule Rom, Studium der Zeitgeschichte in Bologna, lebt und arbeitet seit 1999 in Berlin.